FICHA CATALOGRÁFICA
(Preparada na Editora)

Frungilo Júnior, Wilson, 1949-

F963v   *Vinte dias em coma* / Wilson Frungilo Júnior. Araras, SP, IDE, 1ª edição, 2011.

336 p.

ISBN 978-85-7341-544-5

1. Romance 2. Espiritismo. I. Título.

CDD-869.935
-133.9

Índices para catálogo sistemático:

1. Romance: Século 21: Literatura brasileira 869.935
2. Espiritismo 133.9

WILSON FRUNGILO JR.

VINTE DIAS EM COMA

ISBN 978-85-7341-544-5
1ª edição - julho/2011
7ª reimpressão - junho/2024

Copyright © 2020,
Instituto de Difusão Espírita - IDE

Conselho Editorial:
Doralice Scanavini Volk
Wilson Frungilo Júnior

Produção e Coordenação:
Jairo Lorenzeti

Capa:
César Francça de Oliveira

Diagramação:
Maria Isabel Estéfano Rissi

INSTITUTO DE DIFUSÃO ESPÍRITA - IDE
Av. Otto Barreto, 1067
CEP 13602-060 - Araras/SP - Brasil
Fone (19) 3543-2400
CNPJ 44.220.101/0001-43
Inscrição Estadual 182.010.405.118
www.ideeditora.com.br
editorial@ideeditora.com.br

Todos os direitos reservados. Nenhuma parte desta publicação pode ser reproduzida, armazenada ou transmitida, total ou parcialmente, por quaisquer métodos ou processos, sem autorização do detentor do copyright.

VINTE DIAS EM COMA

E voltou... transformado... por quê?

Sumário

1 - De volta para casa 8
2 - Realmente, uma mudança? 22
3 - Recordações anteriores ao acidente 34
4 - Desespero 44
5 - Novas surpresas 56
6 - No Plano Espiritual (1) 72
7 - Leontina, Teresa e Marta 86
8 - No Plano Espiritual (2) 96
9 - A visita de Leopoldo 112
10 - Ciúme e angústia 126
11 - No Plano Espiritual (3) 140
12 - Revelação dolorosa 162
13 - No Plano Espiritual (4) 178
14 - Visita ao escritório 196
15 - No *shopping* 218
16 - No restaurante 238
17 - O despertar 252
18 - Após o retorno do coma 266
19 - De volta do *shopping* 276
20 - O telefonema 294
21 - O recomeço 308
22 - Final 318

Reflexão 328

De volta para casa

CAPÍTULO 1

Numa rica mansão na cidade de São Paulo, a movimentação é grande. Berenice, com quarenta e cinco anos, juntamente com os filhos Eduardo, vinte e quatro, e Marcela, vinte e dois, mais um grupo de técnicos, já tomaram todas as providências para a chegada de seu marido Nestor, hospitalizado há vinte e oito dias, após terrível desastre automobilístico numa movimentada autoestrada.

Por força desse acidente, Nestor permaneceu em coma, durante exatamente vinte dias, sendo alimentado através de sonda e recebendo tratamento fisioterápico nos membros superiores e inferiores, para evitar qualquer grau de atrofiamento, em vista da imobilidade física. Felizmente não houve sequelas, a não ser, logicamente, natural enfraquecimento muscular, a ser corrigido, agora, em casa, por fisioterapeutas. Esse o motivo dos técnicos instalarem equipamentos apropriados numa das salas da residência, contígua a um quarto de hóspedes, que abrigará o paciente até sua recuperação. Berenice continuará a ocupar o quarto do casal, bem ao lado desse cômodo, providência que visa uma melhor instalação de um aparato que permite que Nestor nele se apoie para sentar-se. Ainda possui certa fraqueza na musculatura, consequência de tantos dias acamados, apesar de já ter conseguido boa melhora com o tratamento fisioterápico realizado no hospital, nos últimos oito dias, após seu despertar.

Uma das maiores preocupações dos médicos seria quanto ao seu estado mental, mais precisamente no que se refere à memória, tendo em vista a forte pancada na cabeça, durante o sinistro. Mas, felizmente, Nestor, um pouco confuso ao despertar, teve uma recuperação mental rápida, apenas com pouca recordação do momento trágico.

O que estranharam bastante, principalmente seus familiares, foi o fato de Nestor permanecer por quase todo o tempo calado, bastante introspectivo, apesar de sua fala não ter sido afetada pelo acidente, a não ser quando em coma.

Berenice encontra-se muito nervosa e os filhos procuram animá-la, com palavras de estímulo, de compreensão e de afeto.

– Fique tranquila, mamãe – diz Marcela. – Iremos apoiá-la em tudo o que for necessário.

– Só peço à senhora que espere papai se recuperar totalmente para lhe falar sobre o divórcio – pede Eduardo.

– A senhora promete, mamãe...? – insiste Marcela.

– Vou esperar, filha.

Cabe, aqui algumas considerações sobre essa família. Nestor, juntamente com seus irmãos Jaime, Luiz Henrique e Eneida, todos casados, são empresários e sócios bem sucedidos, em vários ramos de atividades comerciais, proprietários que são de três redes de lojas e sócios de outras empresas.

Porém, Nestor nem parece ser irmão, pois, diferente dos outros três, que são pessoas honestas, detentoras de louvável ética profissional, leais e justas para com todos os funcionários que os servem, possui desagradável índole gananciosa, orgulhosa, sem sentimentos, a se notar pelas atitudes grosseiras no trato com qualquer criatura que lhe cruze o caminho.

Com quarenta e oito anos e casado há vinte seis, nem pelos filhos consegue demonstrar algum carinho, não que não os ame, mas coloca os negócios em primeiríssimo lugar, com a mente sempre ocupada por eles.

Por conta de tanta preocupação e dedicação para com as empresas, não tem hora para chegar em casa, fazendo as principais refeições onde quer que esteja, e muito menos nos fins de semana, pois sua procura por novos ganhos é eterna, praticamente uma obcecação.

E Berenice já cogitou com os filhos em divorciar-se dele, levando-os para morar com ela. Em princípio, Eduardo e Marcela não concordavam com essa decisão da mãe, mas acabaram chegando à conclusão de que ela merecia passar a viver sua própria vida ou, pelo menos, viver uma vida, coisa que não fazia há mais de vinte anos.

Não que ela não pudesse fazer um sacrifício pelos filhos e continuar casada com Nestor, mas isso já o fizera durante muitos anos e, agora, já chegara ao limite de suas forças. Durante todo esse tempo, muito rezara para que ele se modificasse e voltasse a ser como era antes, na época em que namoravam e nos primeiros anos de casamento.

Sua conduta era horrível: extremamente mal-criado, grosseiro, prepotente, "dono da verdade", considerava-se o grande, insubstituível e único provedor de toda a felicidade do lar, levando sempre em consideração que felicidade somente seria possível com muito dinheiro. E Berenice, apesar de conhecer que a lei não a deixaria desamparada diante de uma separação, já possuía a plena convicção de que sua liberdade não poderia mais ser cerceada pelo dinheiro. Encontrava-se ansiosa por viver.

Até seus irmãos, Jaime, Luiz Henrique e Eneida têm dificuldades com ele, principalmente pelo fato de ele se mostrar insensível para com todas as pessoas e não pensar um segundo sequer se suas resoluções vão acabar prejudicando outros empresários e, principalmente, seus funcionários.

Apenas exige que todos seus subordinados tratem muitíssimo bem os clientes das lojas, não por serem seres humanos, merecedores de atenção, mas, única e exclusivamente, porque vê nos fregueses o sucesso de suas empresas.

Enfim, é um homem que quando entra no escritório central, todos se calam, nervosos, preocupados, e com profundo alívio quando ele desaparece após transpor a porta de sua sala e fechá-la.

Apenas Vera Lúcia, sua secretária particular, não o teme, pois, deveras competente, lhe traça, todos os dias, com extrema disciplina, a agenda de suas atividades, cuidando de seus compromissos pessoais.

E Nestor somente não a dispensa dos seus serviços, por causa de sua dedicação. Ao mesmo tempo em que se sente tranquilo com ela cuidando de suas atividades, detesta ser tão dependente de sua competência.

* * *

Mais uma hora se passa e uma ambulância, trazendo Nestor, entra no jardim da mansão, acompanhada por outro veículo com Jaime e Luiz Henrique. Eneida se encontra no interior da ambulância com o irmão.

O coração de Berenice pulsa mais forte, imaginando o que virá em seguida, com o marido em casa. Não tem ideia do que representava o quase total silêncio de Nestor nos últimos oito dias, após o seu despertar do coma. Falava pouco, apenas o suficiente para pedir água, para ajeitar seu travesseiro ou modificar a posição da cabeceira da cama. Na verdade, passava muito tempo adormecido, até mesmo, muitas vezes, quando lhe eram feitos os procedimentos fisioterápicos nos braços e nas pernas.

A esposa e os filhos se aproximam da ambulância quando veem a porta se abrir. E Eneida desce, abraçando-os.

– Tudo bem, Berenice?

– Acho que sim. Obrigada por ter vindo com Nestor.

– E vocês? – pergunta aos sobrinhos.

– Tudo bem, tia. E papai?

– Está quieto, como em todos estes dias.

Dois enfermeiros, então, retiram a maca, que se transforma, com o abaixar de pernas escamoteáveis, em uma cama com rodas e perguntam para onde devem levá-lo.

– Irei lhes mostrar – responde Berenice, no mesmo instante em que Alcina, a fisioterapeuta, uma moça muito sorridente, de trinta e poucos anos, se aproxima para auxiliá-los. Havia sido ela quem cuidara de Nestor durante todo o tempo em que permanecera hospitalizado. E, agora, fora contratada para dedicar-se unicamente a ele em dois períodos do dia, auxiliada por Benedito, outro profissional da área.

– Você está bem, papai? – pergunta Marcela, timidamente, esperando dura resposta do pai, como era seu costume.

– Estou bem, filha, apenas um pouco atordoado.

– O senhor sente tonturas?

– Tonturas, não. Atordoado no que se refere às lembranças. Penso que, com o tempo, tudo volte ao normal. E você?

– Agora, bem melhor, pai.

Nesse instante, Eduardo se aproxima juntamente com Berenice, que o ouvira falar com a filha, de uma maneira que havia muito tempo não presenciara, com nenhum deles. E, mesmo não sentindo nenhuma disposição para lhe falar com carinho, apesar de ter-se preocupado muito com sua saúde por todo o tempo em que estivera hospitalizado, arrisca uma frase educada:

– Seja bem-vindo, Nestor.

– Muito obrigado, Berenice. Tenho certeza de que em casa terei uma recuperação mais rápida.

– Sente dores, pai? – pergunta Eduardo, ressabiado.

– Somente um pouco de dor de cabeça, às vezes, mas nada que um simples analgésico não possa resolver. Os médicos já fizeram todos os exames e disseram que não há mais nada com que se preocupar, a não ser com o meu restabelecimento físico.

– Já providenciamos os aparelhos necessários para sua fisioterapia e Alcina e Benedito, que você já deve conhecer, lá do hospital, cuidarão de você em dois períodos do dia.

Nestor meneia afirmativamente a cabeça e sorri para a esposa que, timidamente, baixa o olhar, bastante confusa, apesar de saber que o marido, por muitas vezes, aparentava certa amabilidade a fim de conseguir alguma coisa e, depois de alcançado seu objetivo, rapidamente voltava a ser a pessoa difícil de se lidar e, até, suportar.

Os enfermeiros continuam o trajeto, levando-o para dentro da casa e instalando-o no quarto previamente preparado para ele. Colocam-no na cama, deixando que fique, atendendo a seu próprio pedido, numa posição quase sentada, com a cabeceira levantada e apoiado sobre almofadas. Seus irmãos já se encontram no quarto.

– Conforme nos prescreveu o médico, sua alimentação não deve ser muito sólida por, pelo menos, quarenta e oito horas. Depois, gradativamente, poderá ir voltando ao normal, além destes remédios que irei comprar daqui a pouco – informa Luiz Henrique.

– Muito obrigado a todos vocês, meus irmãos... meus filhos... Berenice...

– Quanto ao trabalho, Nestor, não precisa se preocupar. Como já lhe dissemos, nestes vinte e oito dias, providenciamos todas as suas pendências e Vera Lúcia se encarregou de tudo o mais. Fique tranquilo e pense apenas em seu restabelecimento.

– Tenho certeza de que estão cuidando bem de tudo. Estou tranquilo.

Mais uma vez, a estranheza toma conta de todos. Aguardavam um Nestor berrando a plenos pulmões, insultando a todos, denominando os médicos de incompetentes e que teriam que dar um jeito de levá-lo até o escritório para voltar ao trabalho, pois somente ele tinha capacidade para gerir. Também reclamando dos travesseiros, da coberta, das luzes, e, logo mais, da comida, que classificaria de horrível, e da temperatura do ambiente. E, de alguma forma, tentando culpar alguém pelo acidente que sofrera.

Com certeza, alguém o atrasara para a viagem ou o apressara ou se este ou aquele tivesse feito a obrigação que lhe cabia, não teria que viajar, sendo que, como sempre, a maior culpabilidade seria de Berenice, sua esposa.

– Quando iniciaremos o tratamento, Alcina? – pergunta Nestor.

– Dentro de uma hora. Seria bom que descansasse um pouco até lá – responde a moça.

– Como quiserem. Realmente, sinto-me um pouco sonolento. Deve ser por causa dos remédios. E você, Benedito? Tudo bem?

– Estou ótimo, seu Nestor.

– Espero corresponder às expectativas de vocês. Vou me empenhar bastante.

– Isso é muito importante – diz a moça. – A força de vontade é meio caminho andado num tratamento fisioterápico. Temos certeza de que alcançaremos o resultado desejado que é o de fazer o senhor voltar a caminhar normalmente.

– Então vamos deixá-lo, Nestor, para que descanse – diz Berenice. – Leontina, por favor, feche as cortinas para que o quarto fique em penumbra – pede à governanta.

E todos saem do quarto.

* * *

– Dá para desconfiar, não? – pergunta Berenice a todos os que se encontram presentes, reunidos na sala de estar, após deixarem Nestor, sozinho no quarto.

– A senhora acha, mamãe? – pergunta Eduardo. – Estou me sentindo tão feliz em ver papai assim, tão calmo, tão educado.

– Eu também – complementa Marcela.

– De minha parte, não acredito. É meu irmão e o conheço bem – opina Jaime. – Você não pensa a mesma coisa, Luiz Henrique?

Luiz Henrique olha por cima dos óculos, percorrendo todos os olhares a ele convergidos e, balançando negativamente a cabeça, responde, meio sorrindo, com um maroto riso nos lábios:

– Não só penso, como tenho absoluta certeza. Nestor não vai mudar nunca. Penso que está se aproveitando para conseguir o que quer, pois como ainda não pode andar sem o auxílio de outras pessoas, irá precisar de alguém que ande por ele. Não se iludam, e principalmente você, Berenice, e você e você – diz, apontando para Eduardo e Marcela. – É meu irmão, tenho muito amor por ele, como sempre aprendemos a nos amar desde pequenos, mas não confio nem um pouco. Irá aprontar. Oh, se irá!

– E o que diz, Eneida?

– De minha parte, gostaria muito que fosse verdade, mas também não acredito. E o pior: como disse Luiz Henrique, devemos nos preparar para uma fatal e triste surpresa.

Realmente, uma mudança?

CAPÍTULO 2

É noite e chegam Jaime, Luiz Henrique, com suas esposas Marlene e Cida, respectivamente, mais Eneida, com o marido Péricles.

Nestor já havia passado por duas sessões de fisioterapia, sendo que, na segunda, praticara caminhar com um andador, saindo-se muito bem, o que foi motivo de muita alegria por parte dos fisioterapeutas, de Berenice e dos filhos.

Fazia tempo que ela não via um sorriso tão largo nos lábios do marido e na expressão de alegria, a saltar de seus olhos, parecendo uma criança que acabara de conseguir realizar grande feito.

E assim que chegam seus irmãos, são recebidos na sala de estar por Berenice e os filhos e ali se acomodam, aguardando um pouco, antes de irem até o quarto onde Nestor se encontra deitado.

Marcela, radiante, lhes relata o sucesso do pai com o andador e de sua alegria por ter conseguido caminhar com mais facilidade.

– E ele ainda não começou a dar ordens? – pergunta Jaime, mais como uma brincadeira, do que como uma crítica.

– Ainda não – responde Berenice, na certeza de que isso não iria demorar muito a acontecer.

– E você, Marcela – pergunta Eneida –, já resolveu se irá trocar de curso? Você me disse que no mês que vem terão início as aulas da outra faculdade, pelo fato de ser um curso com períodos semestrais.

E a moça responde, com grave olhar preocupado:

– Resolver, já resolvi, mas ainda não pude falar novamente com papai sobre isso. Da primeira vez que lhe falei sobre essa minha pretensão, ele ficou muito bravo. Quer que eu continue a cursar Administração de Empresas, assim como Eduardo, pois deseja que nós trabalhemos nas empresas da família.

– E você, Eduardo? Está satisfeito com o que faz? – pergunta Luiz Henrique.

– Estou, tio. Tenho gosto pela administração e pretendo trabalhar nas empresas, isto é, se todos os sócios concordarem.

– Você concorda, Jaime? – pergunta Luiz Henrique, endereçando-lhe uma piscadela cúmplice.

– O que você acha, Péricles?

– Bem, poderemos, na época, fazer um teste com ele.

– Nestor irá aplicar o teste? – brinca Eneida – Não vai ser fácil, Eduardo.

E todos riem.

Nesse instante, aparece Leontina, a governanta.

– Com licença, Dona Berenice.

– Pois não, Leontina.

– Temos mais uma visita.

Berenice dirige o olhar para o outro lado, onde se encontra a porta, depois do saguão de entrada, ao mesmo tempo em que estranha, por não ter ouvido nenhum som de campainha, e também pelo fato de a governanta não ter vindo de lá.

– A visita irá entrar por aqui – anuncia, sorrindo.

Todos olham para ela e qual não é a grande surpresa ao verem surgir Nestor, apoiado num andador. Com dificuldade, mas caminhando.

– Pai! – exclama Eduardo, dirigindo-se rápido até ele, com receio de que ele venha a perder o equilíbrio.

– Pode deixar, filho. Quero andar.

– Mas você foi liberado para andar, Nestor? – pergunta Berenice.

– Alcina e Benedito me disseram que se eu me sentisse disposto, poderia caminhar. Na verdade, o trabalho que estão fazendo comigo é o de alongamento e fortalecimento da musculatura.

– E não sente tonturas, papai? – pergunta Marcela, também preocupada.

– Por certo que ainda não tenho forças suficientes para andar muito, tanto que, agora, aceito sua ajuda, filho; sinto que já preciso me sentar. Minhas pernas ainda estão fracas. Afinal de contas, permaneci vinte e oito dias hospitalizado.

– Sente-se aqui, pai – diz Eduardo, auxiliando-o a se locomover até uma poltrona.

– Você poderia nos descrever como se sente, Nestor? – pede Péricles.

– Estou me sentindo muito bem. Apenas ando um pouco confuso, mas sem nenhum problema.

– Você se lembra do desastre?

– Muito pouco. Lembro-me de dois faróis muito fortes sobre mim e não me lembro de mais nada.

– E da sua vida, dos seus compromissos? – pergunta Jaime.

– Penso que não devemos fazê-lo pensar no trabalho, meu bem – interrompe Marlene, sua esposa.

– Marlene tem razão – diz Luiz Henrique.

Nestor apenas sorri e diz:

– Não há problema nenhum, aliás, tenho pensado nisso depois que saí do coma e nos momentos em que permaneci acordado. Mas algo estranho está me acontecendo.

– E o que é? – pergunta, curiosa, Cida, esposa de Luiz Henrique.

– Vou tentar lhes explicar... bem... como posso dizer...? Talvez, até, por causa do tempo em que fiquei desacordado, mas... enfim... sei de todos os negócios que temos, de todas as nossas empresas, sei que tenho muitas responsabilidades e deveres perante tudo isso, mas, sinceramente, ainda não estou conseguindo me lembrar de pendências que devo ter deixado de resolver por força desse meu afastamento compulsório do trabalho. Lembro-me vagamente de algo relacionado com alguns eletrodomésticos, mas...

– Então, não se preocupe, Nestor – pede Jaime. – Não se preocupe. Realmente, você acabara de realizar um grande negócio que nos traria muito lucro, tendo em vista a quantidade de produtos a serem comprados e que, por isso, você conseguira um bom preço de custo, mas já resolvemos tudo, eu e Luiz Henrique.

– E já ganhamos um bom dinheiro nessa empreitada – completa o irmão. – Se quer saber, hoje estamos mais ricos que há um mês atrás.

Todos riem.

– Tenho certeza de que vocês dois, mais Péricles e Eneida, estão cuidando de tudo e muito bem.

– E eu e Marlene estamos cuidando de gastar – diz Cida, fazendo todos se divertirem.

– Está vendo, mamãe? – pergunta Marcela. – A senhora está perdendo tempo. Tem que gastar também.

– Isso é verdade, Berenice – concorda Nestor.

E depois de alguns segundos em silêncio, com todos a sorrirem com o rumo da conversa, Marcela toma a palavra:

– Pai, não queria importuná-lo agora, mas tenho que lhe fazer uma pergunta. Apenas por uma questão de prazo.

– O que é, filha? Pode perguntar.

– Bem... sei que o senhor é contra..., mas...

– Pode falar, Marcela. Não há motivo para receios.

– Bem... é sobre a minha ideia de mudar de curso na faculdade... o senhor se lembra?

– Vagamente, filha, mas... é..., realmente, não me lembro.

A moça olha para a mãe na intenção de ver se estaria de acordo com o fato de ela conversar sobre isso agora. E Berenice meneia a cabeça, num sinal positivo.

– Sabe, pai... é que eu tinha falado para o senhor que eu gostaria de parar o meu curso de Administração de Empresas...

– Você não está gostando?

– Não, pai. O Eduardo gosta muito e quer trabalhar nas empresas, mas eu não me afino com esse tipo de trabalho.

Pesado silêncio se faz no ambiente, enquanto Nestor pensa um pouco, até se pronunciar:

– Tudo bem, filha. E o que gostaria de cursar?

Todos, que já sabiam da bronca que Marcela havia levado do pai por causa disso, entreolham-se, admirados com a sua reação.

Marcela se ajeita na poltrona, um pouco nervosa, na verdade, temendo responder.

– Fale, filha – pede o pai.

E a moça diz, num átimo de coragem:

– Quero cursar artes cênicas, pai.

– Artes cênicas...?

– Isso mesmo.

– E você acha que leva jeito, filha?

– Sempre gostei, pai. E já participei de alguns pequenos papéis na escola.

Nestor olha para todos, sorri e arremata, levando a filha a um grande susto:

– Pois teremos uma atriz na família. O que vocês acham?

Passam-se alguns segundos para que alguém concorde, tendo em vista a estupefação de todos, principalmente por parte de Berenice que é quem rompe o silêncio:

– Você está falando sério, Nestor? Não brinque com isso, pois Marcela tem até depois de amanhã para resolver sobre isso na Universidade. Há poucas vagas nesse curso e ela tem que lhes dar uma resposta.

– Pois não espere até depois de amanhã, filha. Tome as providências amanhã mesmo.

– Ainda não acredito, pai – diz a moça, levantando-se e, com lágrimas nos olhos, abraçando-o ternamente – Muito obrigada, papai. Você não faz ideia de como me faz feliz.

– Sinceramente, não me lembro de você ter falado sobre esse assunto antes, Marcela. Nem me lembro se fui contra, na época. O que sei é que se você, realmente, chegar a ser uma boa profissional, seja em que campo for nessa arte, poderemos até estudar um patrocínio, não é, Jaime? Hoje as empresas estão investindo muito nisso. De qualquer maneira, filha, você é quem deve decidir o que fazer profissionalmente.

– Eu nem acredito, meu Deus! – exclama, ainda emocionada, abraçando-se agora à mãe.

Nesse momento, Nestor baixa a cabeça, pensativo. Tem consciência do quanto é detestado por muitos que o conhecem ou chegaram a conhecê-lo, mesmo que tenha sido por uma única vez. Sabe que apenas seus irmãos, por força do amor fraternal, não o detestam, acreditando que o amem. Seus filhos o temem e Berenice mal o suporta. Tem noção também, que sempre se sentiu satisfeito em ser temido e respeitado, respeito esse apenas movido pelo medo que as pessoas têm de entrarem em conflito com ele, e, por esse motivo, serem despedidos ou perderem um bom negócio. Na verdade, nunca gostou da maioria delas, classificando-as, quase todas, como ignorantes, interesseiras e falsas.

Mas após o acidente, o coma, a conscientização do que todos realmente sentem por ele, e uma estranha mudança em seu íntimo, estão levando-o a ver tudo numa outra ótica, que ainda não consegue compreender.

E como se encontra muito pensativo e introspectivo, o que não deixa de ser notado pelos familiares, estes, naturalmente, passam a conversar sobre os mais diversos e variados assuntos, procurando deixar Nestor a sós consigo mesmo, que continua com o olhar abaixado, mirando os próprios pés.

Recordações anteriores ao acidente

CAPÍTULO 3

Na verdade, Nestor encontra-se recordando, em detalhes, o que lhe acontecera momentos antes do acidente:

"– Mas, senhor Nestor – argumenta o empresário Weber –, sua empresa não pode desistir do negócio neste momento, afinal de contas, temos um trato. Inclusive, necessitei realizar uma grande compra de matéria-prima, financiada por um banco estrangeiro para fazer frente a tão alto investimento, pelo menos para minha empresa. Tivemos que fazer uso de muitas horas extras para que nossos funcionários pudessem dar um bom termo na produção. Com essa desistência, teremos que arcar com considerável prejuízo, e não nos encontramos em condições de enfrentar esse problema. Gostaria que sua empresa honrasse, através do senhor, esse nosso compromisso. O senhor sempre foi um empresário de palavra.

– Não venha me acusar agora, de faltar com minha palavra, Weber! – esbraveja Nestor. – Quem está faltando com a palavra, diante de nosso trato, é a sua incompetência! Combinamos que os produtos nos seriam entregues esta semana! E também não é uma questão de simples palavras, pois temos um contrato assinado, com prazo e tudo o mais.

– Por favor, meu amigo, não lhe faltei com a palavra e meu único erro foi não ter levado em consideração que poderia ocorrer alguma falha em uma de nossas máquinas, o que atrasaria a entrega.

– Pois deveria ter pensado nisso, Weber. Por esse motivo, ponho em dúvida sua competência.

– Mas o atraso é de apenas oito dias, Nestor. O que poderá representar para vocês esse tempo?

– Contrato é contrato, sempre cumpri fielmente o que assino e espero que meus fornecedores façam o mesmo.

Nesse momento, um outro sócio da empresa fornecedora pede a palavra.

– Pode falar, Sílvio – concorda Nestor.

– Obrigado. Por favor, peço que acalmem os ânimos e vamos ver quais as possibilidades de acertarmos esse problema. O que poderíamos fazer para minimizar esse atraso e, com isso, o nosso prejuízo?

– Agora, sim, poderemos conversar como empresários – diz Nestor, já percebendo que ganhou o primeiro *round*. – Proponho um desconto de vinte por cento no preço dos produtos.

– Isso não pode ser! É um absurdo! – reclama Weber, apenas se calando a um sinal de seu sócio.

– Tudo bem, Nestor. Pelo que posso entender, você deseja um desconto para compensar o atraso.

– Isso mesmo. Nada mais justo.

Sílvio medita por alguns instantes, faz alguns cálculos mentalmente, cálculos que, sabe, deveriam ser feitos por técnicos de sua empresa, mas conhecendo o oponente, também sabe que deverá tentar resolver esse problema o mais rápido possível, agora mesmo.

– Eu lhe ofereço um desconto de cinco por cento. É o que de melhor lhe posso oferecer.

– Oito por cento e assino embaixo – declara Nestor.

– Você nos dá licença por alguns minutos? Eu e Weber iremos até a sala contígua e já retornamos com uma resposta. Por favor, fique à vontade. Vou pedir à minha secretária que lhe traga mais um café.

– Eu os espero, mas dispenso o café, pois isso me tomaria muito tempo.

E os homens saem da sala, enquanto Nestor sorri satisfeito, pois sabe que irão concordar e isso, para ele, será muito promissor.

Na sala ao lado:

– Tenho ganas de agredir esse homem! – desabafa Weber.

– Calma, amigo. Ele está com todas as cartas a seu favor e não duvido por nenhum instante que ele desistirá de todo o negócio se não lhe dermos alguma coisa.

– Mas oito por cento, Sílvio?

– E o que podemos fazer, Weber...? Você o conhece e sabe que teremos que resolver agora. É pegar ou largar.

– O ideal seria que nossos contabilistas fizessem esse cálculo.

– Não há tempo e, pelos meus cálculos, não teremos prejuízo.

– Mas também nada ganharemos.

– Pagamos as despesas, Weber.

– Nunca mais faço negócio com essa empresa.

– Faremos, sim, Weber, pois precisamos dela. Trata-se de uma grande compradora. O que teremos que fazer é um contrato mais bem elaborado.

– Será que Luiz Henrique, Jaime e Péricles sabem de tudo isso? Não creio que pactuariam com esse roubo, Sílvio! Roubo!

– Também creio que não, mas não são eles os compradores. Essa tarefa é de Nestor. E, então?

– O que podemos fazer?

– Nada. Realmente, com esse homem, nada. Vamos voltar.

E assinam um adendo ao contrato e Nestor se retira muito satisfeito com a sua "inteligência" nos negócios. Sente-se orgulhoso de ter a capacidade de tirar proveito de qualquer situação. Porém, deixa naquela empresa dois homens arrasados com o que acreditam ser de um oportunismo cruel e desleal. Qualquer outra revendedora saberia compreender e relevar esse atraso.

A seguir, Nestor começa a se recordar da viagem:

"Já são mais de dezoito horas quando deixa o escritório de Weber e Sílvio. Ainda tem de enfrentar uma autoestrada muito movimentada nesse horário e, preocupado, prevê chuvas fortes. Sente um vento gelado antes de entrar no automóvel e nuvens densas e escuras já adiantam a escuridão da noite.

Não gosta de dirigir à noite e muito menos com chuva, mas não vê outra saída, pois pretende dormir em casa e chega a se irritar com a demorada negociação que teve de enfrentar. De qualquer maneira, o sucesso do acordo o deixa satisfeito. Sua empresa ainda irá lucrar mais oito por cento em cima dos produtos.

– Não é à toa que, pelas costas, me chamam de 'astuta raposa' – pensa, rindo, já no interior do automóvel. – E sou, mesmo. Se não fosse, não teria conseguido tanto sucesso. E ainda poderia ter mais, não fosse por meus irmãos. São muito sentimentais, meu Deus! Mas os amo muito e não me importo.

De qualquer maneira, oitenta por cento dos negócios sou eu quem realizo.

E, com esses pensamentos, Nestor entra em uma rotatória e inicia sua viagem. A chuva chega rápido, forte, muito pesada. Os limpadores do para-brisa quase não vencem o grande volume de água que despenca do céu. E a dificuldade para se enxergar através dele é enorme. Nestor, então, se orienta pelos "olhos de gato", as tachas refletivas do asfalto, que brilham sob seus faróis, até que, adquirindo um pouco mais de confiança, imprime maior velocidade no veículo.

Dessa maneira, vai dirigindo quando, de súbito, sem avisos, surge, do nada, intensa luz sobre seus olhos, vindo ao seu encontro. Tudo tão rápido, que não lhe permite qualquer pensamento no sentido de saber o que venha a ser".

E Nestor só consegue se lembrar agora, de um alto estrondo e, a seguir, o vazio. Ficara sabendo depois, que fora um caminhão que invadira a pista em que se encontrava e atingira o seu veículo.

Nesse momento, abandona essas reminiscências e, inopinadamente, pergunta ao irmão:

– Jaime, o que aconteceu com Weber e Sílvio?

Jaime olha para Luiz Henrique que, franzindo o cenho, lhe responde:

— Fizemos um outro acordo com ele, Nestor.

— Um outro acordo...?

— Sim. Ele iria ser muito prejudicado se nos desse aquele desconto e nós o diminuímos.

Nestor permanece alguns segundos pensativo e pergunta:

— Como foram as vendas desses produtos, Jaime?

— Foram excelentes. Na verdade, nem precisamos baixar muito o preço final na promoção para vencermos a concorrência, pois, pelo volume adquirido, o preço já estava muito bom.

E, para assombro dos irmãos, de Berenice e dos filhos que, apesar de não saberem do que se tratava, percebem o que venha a ser, Nestor dispara:

— Não poderíamos lhes pagar o preço "cheio", anteriormente combinado, sem a penalidade pelo atraso?

— Você está falando sério, Nestor?! – pergunta Péricles, tão assombrado quanto Jaime e Luiz Henrique.

— Estou, sim. Penso que, fazendo assim, poderemos vir a ter outros bons negócios com eles. E se estamos lucrando bastante, que eles lucrem também, incentivando-os a continuarem como nossos parceiros.

Jaime, Luiz Henrique, Péricles e Eneida se entreolham, sem saber o que falar. Simplesmente, perdem a fala e Nestor, com certa dificuldade, ergue-se da poltrona e, apoiando-se no andador, lhes diz:

– Vou para o meu quarto. Desculpem-me, mas estou um pouco cansado. Penso que fiquei muito tempo sentado e ainda me sinto fraco. Logo, logo, com uma alimentação normal, estarei em forma.

– Eu o acompanho, papai – diz Eduardo, caminhando lado a lado com ele.

– Uma boa noite, Nestor – desejam-lhe todos.

Recordações do hospital
Desespero
CAPÍTULO 4

Nestor se deita, mas não consegue dormir, tentando se lembrar de tudo o que lhe aconteceu depois do desastre. E não foram momentos fáceis.

"Nestor se encontra em completa escuridão, sem poder movimentar nenhum músculo do corpo. Não sente dores. Tenta abrir os olhos e não consegue. Também nada ouve naquele momento. Apenas tem consciência de estar vivo, pois, no mínimo, está pensando e percebendo o que lhe acontece. E nesse momento, faz um pedido, uma súplica mesmo, mentalmente, rogando a Deus que o ajude. 'Meu

Deus, me ajude'. Há quanto tempo não murmura o Seu nome? 'Meu Deus, me ajude, por favor... O que está acontecendo comigo? Ah, o desastre... Sim... Aquelas luzes... Só pode ter sido um desastre... Mas... Estarei morto...? A morte é isto...? Me ajude, meu Deus. Me ajude, meu pai, minha mãe... Vocês já morreram e devem estar em algum lugar... Sinto-me tão fraco...'

E, nesse instante, ouve vozes ao longe. Não, não se encontram tão longe. Estão cada vez mais perto. Estão falando ao seu lado. São duas pessoas conversando. Procura prestar atenção e ouve agora, nitidamente:

– Nenhum sinal, Silva?

– Não, doutor.

– Deixe-me ver a ficha. Hum... Já faz cinco dias. Sem febre... isso é bom... Vou solicitar novos exames, um novo ultrassom. Pressão normal.

O doutor Fonseca abre as pálpebras do paciente para examinar sua íris e fortíssima luz faz arder os olhos de Nestor que, por um segundo, vê o rosto do médico, meio distorcido, quando este afasta a lanterna e solta suas pálpebras.

– Doutor... nesses casos, o paciente não sente, não vê e nem ouve? – pergunta o enfermeiro que trabalha nesse Centro de Tratamento Intensivo.

– Não saberia lhe dizer, Silva. Há muitas controvérsias a esse respeito. Estudos e pesquisas afirmam que muitos pacientes já reagiram a sons, principalmente. Eu, particularmente, não acredito. O coma ainda é um estado desconhecido.

– Eu o vi e o ouço, doutor! – quer gritar Nestor, mas não consegue, aumentando ainda mais o seu desespero – Eu estou ouvindo! Eu estou ouvindo! Meu Deus!

E Nestor entra em estado de muito nervosismo e desespero, o que faz com que venha a perder os sentidos, pelo pavor que lhe invade o pensamento.

Mais um dia se passa e o médico autoriza que o transfiram para um quarto, com alguns equipamentos, a fim de que seus familiares possam ficar com ele em variados turnos.

Essa providência também é de ordem emergencial, pois o Centro de Tratamento Intensivo necessita de leitos para outros pacientes que chegam ao hospital, necessitados desse tipo de tratamento mais especializado.

Nestor desperta novamente, mas agora, com

uma grande calma lhe invadindo a mente. Parece ter tido sonhos bons, mas não consegue se lembrar, apenas sente intensa vontade de dormir para voltar a esse sonho que tanto bem lhe fizera.

Ainda se encontra paralisado quando, nesse momento, ouve a voz de Berenice e de seus filhos. Parecem estar se despedindo de pessoas que imagina, pelo som, encontrarem-se ao seu lado. E ouve quando Berenice diz:

– Voltarei por volta das vinte e duas horas. Eduardo e Marcela vão me levar para casa. Tomarei um banho, comerei alguma coisa e retorno.

– Não precisa ter pressa. Eu e Marlene ficaremos com ele o tempo que for necessário.

Nestor, então, reconhece a voz de Cida. Quer falar que as está ouvindo, mas teme tentar e não conseguir. De qualquer maneira, faz um esforço, mas não consegue.

– Meu Deus, me faça dormir novamente. Por favor. Ou, se não for pedir muito, permita que eu faça, pelo menos, algum som – roga.

E tenta de todas as maneiras, até que consegue emitir um grunhido.

– Você ouviu? – pergunta Marlene.

– Ouviu o quê?

– Pareceu-me que Nestor fez algum som com a boca. Parecia um gemido.

E ele tenta mais uma vez, até que, por fim, o consegue.

– Agora eu ouvi.

– Vou chamar a enfermagem – diz Marlene, levantando-se e acionando uma campainha perto da cabeceira da cama.

Alguns segundos se passam e uma enfermeira, após leve batida na porta, entra no quarto.

– Pois não?

– Nestor emitiu dois gemidos. Não sei se é normal.

– Obrigado, meu Deus – agradece Nestor. – Agora, ela vai me perguntar alguma coisa e posso dar sinal de que a ouço. Basta gemer. Mas tomara que dê tempo de eu fazer esse som logo em seguida à sua pergunta, porque tenho que fazer muito esforço para conseguir.

Mas qual não é o seu desespero, quando ouve a enfermeira dizer:

– Não se preocupem com esses gemidos. Ele

está inconsciente e esses sons são de ordem involuntária.

– Não! – desespera-se Nestor – Fale comigo! Pergunte se eu a estou ouvindo!

Mas a enfermeira, continuando a tranquilizá-las, muda a posição do corpo de Nestor, a fim de que não se lhe formem escaras por permanecer tanto tempo com a mesma parte do corpo apoiada sobre o colchão e se retira, dizendo:

– Se precisarem de mais alguma coisa, podem acionar a campainha. Venho em seguida.

– Meu Deus, me ajude, por favor... – pede o paciente, procurando se acalmar e tentando se lembrar do sonho que tivera, mas não consegue se concentrar, pois as cunhadas se põem a conversar. E uma conversa não muito agradável.

– Olha para ele, Marlene – diz Cida. – Largado nessa cama como um saco de batatas.

– Não fale assim, Cida.

– E por que não? Pensava que era o dono do mundo! Nunca respeitou ninguém! Tratava a todos como se fossem seus empregados e seus empregados como se fossem seus escravos! E fazia de tudo para que todos que o cercassem, dependessem dele, necessitassem dele. Tiranizava todo mundo. E não é verdade?

– É...

– E Berenice, então? Não sei como ela o suporta. Fosse eu, já teria me separado.

– Não o faz por causa dos filhos.

– Que sofrem também. Não podem dar um passo, tomar uma decisão sem a permissão dele.

– E agora está aí, não é, Cida? Será que vai sarar?

– Tomara que não!

– Cida!!!

– Pelo menos, Berenice se liberta dessa escravidão e vai viver o que não viveu!

– Não fale mais assim, Cida. Por favor.

– Está bem. Você está certa; apenas desabafei um pouco. Mas não disse nada além da verdade e não aumentei uma vírgula no que disse.

– Sabe que, no fundo, sempre tive pena de Nestor?

– Pena, Marlene?

– Sim, porque uma pessoa que age como ele, deve sofrer muito.

– Faz os outros sofrerem, isso, sim.

– Faz, mas sofre também, Cida.

– Por que você pensa assim?

– Porque a ganância, por exemplo, deve trazer um grande mal, pois quem a possui, deve estar sempre numa posição de alerta, na tentativa de descobrir uma oportunidade de ganhar cada vez mais.

– É... penso que você tenha razão.

– Além disso, deve sofrer também com a inveja que deve ser uma consequência dessa ganância. Penso que quem tem o desejo de possuir cada vez mais, só pode ter inveja daqueles que conseguiram realizar um bom negócio ou auferir um bom lucro.

– Que mais, Marlene? Estou gostando de ouvi-la.

– Deve sofrer também por uma constante desconfiança nos outros, pensando que todas as outras pessoas devam ser tão gananciosas e aproveitadoras de situações quanto ele...

– Marlene, você está me parecendo uma psicóloga.

– Não tenho todo esse conhecimento. São apenas deduções lógicas. Além do mais, como Nestor é um homem muito inteligente, não sábio, mas inteligente, porque até os piores o podem ser...

– Piores?! – revolta-se Nestor, deveras impressionado com tudo o que estava ouvindo.

– ..., imagina que ninguém possui a mesma capacidade para tomar decisões. E, como certamente, ele ama Eduardo e Marcela, não os deixa decidirem nada, por medo de que não sejam tão inteligentes como ele e quer decidir tudo pelos filhos.

– Você tem razão, Marlene, mas não se pode esquecer de que existem vários tipos de inteligência, ou melhor, diversos tipos de direcionamento da inteligência.

– É claro. A inteligência é apenas a capacidade de se produzir algo que dê certo, mas não tem nada a ver com boa ou má intenção, pois isso depende da índole da pessoa que a utiliza.

– E Eduardo e Marcela já são maiores de idade. Quando irão aprender a tomarem suas próprias decisões se Nestor não o permite?

– A função de um pai é a de aconselhar pela própria experiência de vida, mas obrigar uma filha a cursar uma Faculdade que ela não gosta, só porque quer aproveitá-la para o trabalho nas empresas...

– Meu Deus, será que meus filhos não conseguem compreender que somente desejo o bem deles?! – pensa Nestor.

E Marlene continua:

– E eles não querem apenas o aconselhamento do pai; querem, principalmente, o que nunca tiveram: um gesto de carinho através de um abraço, de um beijo, de uma palavra carinhosa.

– Mas o que essa mulher está dizendo?! Não sabe o quanto trabalho e que nem tenho tempo para esse tipo de coisa?! Vivo no mundo dos negócios para dar o melhor para minha Berenice, para Eduardo e Marcela! E essa conversa de que minha mulher já não me suporta mais?! Vejo isso como uma imensa ingratidão, se for verdade!

– E se agarra a mínimos detalhes, Marlene. Tudo, mas tudo tem de ser como ele quer! Tudo tem de estar pronto quando chega em casa: o banho e, após o banho, quinze exatos minutos para o jantar ser servido! E na temperatura certa, senão pobre da Marta, a cozinheira, e de Leontina. Despeja toda a sua ira sobre as pobres empregadas.

Nesse momento, Nestor se irrita mais ainda:

– Mas será possível?! Se pago bem para elas

é para que façam o mínimo exigido! Pago para que me sirvam e não para que eu as sirva!"

E através dessas lembranças, tudo ainda ecoa na mente de Nestor, mas, inexplicavelmente, não pensa mais daquela maneira. Algo se modificou, principalmente, na sua forma de pensar sobre a vida. E, cansado pelo esforço das recordações, acaba adormecendo.

Novas surpresas

CAPÍTULO 5

Na manhã seguinte, novas surpresas.

Marta, a encarregada da cozinha, se encontra preparando a mesa da sala de jantar para o desjejum, juntamente com Leontina, que já havia dado as ordens do dia para o jardineiro e para Teresa, a arrumadeira.

Como sempre, estão atentas quanto ao horário, sempre seguido à risca, apesar de que tudo indica que Nestor tomará sua primeira refeição no quarto. Berenice e os filhos já se levantaram e se dirigem até o quarto dele, encontrando-o sentado numa poltrona defronte de uma janela.

— Bom dia, Nestor!

– Bom dia, Berenice! Bom dia, filhos!

– Bom dia, papai! – responde Marcela.

– Bom dia, papai! – responde Eduardo. – Tudo bem? Pelo visto, penso que sim, apesar de que acho que deveria ter-nos esperado para que o ajudássemos a levantar-se da cama.

– Sinto-me muito bem e mais ainda quando vejo que já consigo movimentar-me sozinho, apoiando-me neste andador.

– A que horas deseja ser servido? – pergunta-lhe Berenice.

– Não tenho fome, e não se preocupem comigo. Podem fazer o desjejum. Daqui a pouco eu vou ter com vocês.

– Não quer comer aqui no quarto?

– Não há necessidade. Fiquem à vontade. A cadeira se encontra ainda debaixo do chuveiro?

– Deixe-me ver, pai – diz, solícito, Eduardo, indo até o banheiro do quarto e voltando em seguida – Está, sim, pai.

– Vou tomar um banho, então.

– Sozinho, Nestor? Penso que seria melhor que aguardasse o Benedito ou, talvez, Eduardo pudesse ajudá-lo.

– Não se preocupe, Berenice. Vou com calma e tenho certeza de que não haverá nenhum perigo. E se isso a tranquiliza, deixo a porta entreaberta. Apenas avise Leontina e as outras para que não venham até aqui. Podem ir alimentar-se. Depois eu vou.

– Como quiser, Nestor.

– Pai, por favor, se sentir qualquer coisa, nos chame.

– Fique tranquila, filha. Farei isso.

E os três, então, deixam o quarto e se sentam à mesa.

– Devo mandar levar o café para seu Nestor, dona Berenice?

– Não, Leontina. A propósito, não deixe que ninguém vá até o quarto, pois Nestor está tomando banho e, por precaução, deixou a porta do banheiro entreaberta. Quanto ao desjejum, ele disse que virá após o banho.

– Sim, senhora.

Os três, então, fazem a pequena refeição e ficam aguardando Nestor. Leontina, por sua vez, encontra-se preocupada, porque terá que tomar providências para que ele seja servido após, no máximo, cinco minutos de ele ter-se sentado à mesa. E passa essas recomendações para Marta.

Como Nestor está demorando, Eduardo dirige-se até o quarto para verificar se tudo está bem e retorna dizendo:

– Papai está começando a se enxugar e me disse que está tendo um pouco de dificuldade para seguir todas as etapas desse banho, mas que pretende fazer tudo sozinho, mesmo que seja demorado, mesmo porque, ainda terá que vestir as roupas.

– Por que você não o ajudou?

– Ele me disse que quer tentar sozinho.

– Bem... não vamos ficar esperando por ele. Vamos cuidar da vida, não é?

– Tenho que ir até a Faculdade, mamãe.

– Vai, filha.

– Posso cuidar da transferência do curso, mamãe? Penso que papai não irá mudar de ideia.

– De qualquer modo e, na dúvida, faça o quanto antes, Marcela.

– Vou já.

Berenice vai até o quarto e vê Nestor sentado na poltrona, esforçando-se para vestir as calças. Ainda apreensiva com a reação dele, mas, como sempre, solícita e subserviente, lhe pergunta:

– Precisa de ajuda?

Ele lhe sorri e responde:

– Estou tentando me vestir sozinho e penso que vou conseguir. De qualquer maneira, por favor, passe-me a camisa.

Mais uma vez, a esposa se surpreende com o seu sorriso e o atende. Depois de colocar a camisa, curva-se em direção aos pés, com a meia na mão.

– É... rendo-me. Você poderia me vestir as meias e o tênis?

– Claro – responde Berenice, satisfeita pelo marido lhe fazer esse pedido.

– Obrigado, Berê.

Berenice, então, sente algo diferente, pois havia muito tempo, o esposo não a chamava pela carinhosa expressão, apelido com que a tratava nos tempos de namoro e nos primeiros anos de casados.

– Você vai comer agora?

– Ainda não, pois preciso dar um telefonema. Talvez demore um pouco. Pode pedir para Leontina tirar a mesa. Depois, como alguma coisa.

– Tirar a mesa?

– Isso mesmo.

– Está bem – concorda. – Precisa de mais alguma coisa?

– Nada. Apenas preciso encontrar minha agenda.

– Vou buscá-la para você. Deve estar no escritório.

– Vou até lá, então. Telefono de lá mesmo.

Dizendo isso, Nestor se levanta e, apoiando-se no andador, sai do quarto, deixando a esposa pensativa: "– Para quem irá telefonar?"

E, aguardando alguns minutos, dirige-se até o escritório, surpreendendo-se, mais uma vez, ao ver que o marido fala ao telefone com a porta aberta. Nunca fizera isso. Seus telefonemas sempre foram sigilosos. Pelo menos é o que aparentava, já que os fazia a portas fechadas. E percebe que ele não faz questão nenhuma de que alguém o ouça, pois fala com o sistema de "viva voz" ligado, ou seja, qualquer pessoa pode ouvir o que fala a pessoa que se encontra do outro lado da linha.

– Estou bem, Duarte.

– *De onde você está falando?*– pergunta Duarte, um dos advogados que servem Nestor, quando este necessita.

– Estou em minha casa.

– *Que bom, meu amigo. Eu estive no hospital, visitando-o. Eu e Tavares.*

– Eu os ouvi.

– *Você nos ouviu? Você ouvia o que as visitas conversavam?* – pergunta Duarte, visivelmente preocupado.

Nestor, então, percebe que falou o que não devia e procura consertar:

– Não, eu não os ouvi. Eu disse que ouvi, quer dizer... me disseram que vocês estiveram lá.

Berenice, que estava ouvindo a conversa perto da porta, sem ser vista, percebe que o marido tentou disfarçar o que dissera a Duarte, pois escutara perfeitamente ele dizer que ouvira os advogados.

– Será que ele andou ouvindo o que as visitas diziam? – pensa a mulher, preocupada. – Não, acho que não. Perguntei a uma enfermeira experiente e ela me disse que não havia possibilidade nenhuma disso.

– *Bem, Nestor, fico muito contente com o seu retorno à vida, mas precisa de alguma coisa?*

– Preciso, sim. Você tem todos os dados pessoais meus e de meus irmãos. Dessa forma, gostaria que fizesse uma procuração para que eles pudessem tomar qualquer decisão por mim. Você sabe: existem algumas operações que eu tenho que assinar junto com eles. É por isso.

— *E por quanto tempo devo fazer valer essa procuração?*

— Faça por uns três meses.

— *Três meses?*

— Isso mesmo. De qualquer forma, penso em descansar um pouco por esse período. Depois, se for necessário, modificamos o prazo.

— *Vai tirar umas férias?*

— Pois é. Não sei quanto tempo levarei para me recuperar totalmente e penso, realmente, em passar algum tempo com minha família. Já faz alguns bons anos que não tiro uma folga do trabalho.

— *Bem, vou providenciar tudo, hoje mesmo, e depois levo para você assinar.*

— Eu lhe agradeço, Duarte e, por favor, mande a conta para a empresa.

— *Não se preocupe.*

— É só isso. Ah, sim, gostaria que dissesse ao Tavares que agradeço a visita de vocês dois.

— *Eu direi, Nestor.*

– Outra coisa: peço a você que me perdoe por aquele episódio quando perdemos aquela ação. Fui injusto com você, pois, realmente, não foi culpa sua. Afinal de contas, era uma causa impossível e a culpa foi toda minha.

– *Não estou acreditando no que meus ouvidos estão captando. Você me pedindo que o perdoe... O que está acontecendo com você, Nestor? Alguma pancada tirou o seu juízo?*

Nestor ri com as palavras do advogado e lhe responde:

– Uma bendita pancada. Até mais, então.

Berenice, mais uma vez, se surpreende, pois nunca, em toda a sua vida, havia presenciado algo parecido: Nestor pedindo perdão a alguém e reconhecendo um erro seu.

Nestor desliga o telefone e permanece por alguns minutos sentado à sua mesa de trabalho, que utiliza nos finais de semana. E começa a se recordar de quando Duarte e Tavares estiveram no hospital e de suas palavras que, mesmo sabendo agora, estarem cobertas de razão, foram ditas de maneira por demais contundente.

"Naquele dia, Nestor percebera que estava

presente seu irmão Luiz Henrique, quando chegaram os advogados.

– Boa tarde, Luiz Henrique. Viemos fazer uma visita a Nestor, apesar de sabermos que se encontra em coma. Como ele está?

– Bem, ainda se encontra em observação e estamos todos, inclusive o médico que cuida de seu caso, na expectativa de alguma reação, o que não ocorreu até agora. Enfim, tudo o que poderia ser feito, foi muito bem feito.

– Traumatismo craniano, Luiz Henrique?

– Não houve nenhuma ruptura do crânio, mas constatou-se uma forte pancada na cabeça. Foram feitos diversos exames e localizado um pequeno coágulo, que aos poucos está diminuindo. Não entendo nada disso e nem das explicações do doutor. O que sei é que há chances de ele retornar desse coma.

– Nos disseram na portaria do hospital que só era permitida a permanência de duas pessoas no quarto e eu assegurei à atendente que respeitaríamos essa recomendação – diz Tavares. – Por esse motivo, vou ficar no corredor e, depois, troco com Duarte.

– Se vocês não se importarem, gostaria de

aproveitar a permanência sua aqui, para ir até a cantina do hospital, tomar um café e, talvez, um lanche rápido. Pode ser?

– Pode ir, Luiz Henrique. E não tenha pressa. Alguma recomendação especial?

– Não, nenhuma. Apenas ficamos de vigília aqui no quarto a fim de verificarmos alguma reação em Nestor.

– Pode ir, então.

– Não me demoro. Já volto.

E Luiz Henrique sai, deixando os dois advogados com o irmão.

– Meu Deus! – pensa Nestor, que ouvira toda a conversa – Luiz Henrique vai me deixar a sós com esses dois!

– Quem diria, não, Tavares? Nestor preso nessa cama, sem poder se mexer, falar ou ouvir. Onde estará ele, neste momento?

– Se tivesse morrido, eu diria que no inferno.

– Como você é maldoso, Tavares – repreende Duarte, em tom de brincadeira.

– Só que deveria estar passando a perna no capeta.

Duarte cai na risada.

– Falando sério, será que quem está em coma, fica como se estivesse dormindo e sonha?

– Só se for para humilhar os pobres personagens do sonho, porque acho que nem dormindo ele dá sossego ou deixa de criticar e maltratar alguém. E estou falando sério, Duarte. Nestor não é gente. Deve ser um daqueles alienígenas disfarçados em humanos, que já cansamos de ver em filmes de terceira categoria.

– E o pior é que você tem razão.

– A sorte dele é que somos nós quem estamos aqui. Fosse uma outra das incontáveis pessoas que ele já prejudicou e ele estaria correndo risco de morte neste momento. Além de não sermos assassinos, no fundo, precisamos dele, pois, afinal de contas, é nosso cliente e nos paga o que pedimos e em dia.

– Isso porque enviamos a conta para a empresa e Jaime é quem paga.

– Mas bem que poderíamos fazer uma coisa. Nós dois – sugere Tavares, com um riso maroto nos lábios.

– E o que é, Tavares?

– Ele não pode se mexer, não é?

– É lógico que não pode se mexer.

– Então, você tapa a boca dele e eu tapo o seu nariz. O que me diz?

Duarte cai na gargalhada.

– Você é louco.

– Meu Deus, me ajude – suplica Nestor. – Esses doidos bem podem fazer o que estão falando.

– Ele já prejudicou você, Duarte?

– Prejudicar, não, mas já me insultou inúmeras vezes. E quanto a você?

– Não só me insultou, como já me deu um prejuízo financeiro.

– Prejuízo financeiro?

– Sim. Defendi uma causa trabalhista e não consegui ganhá-la. Na verdade, era uma causa muito difícil, porque Nestor estava completamente errado e fora da lei trabalhista. Até o aconselhei a negociar com o empregado, mas não quis, e deixou tudo nas minhas costas. Fomos facilmente derrotados. E ele, simplesmente, não me pagou pelo serviço, alegando sabe o quê?

– Não sei, mas como o conheço bem...

– Deu-me um simples, equivocado, e absurdo exemplo. Disse-me que quando ele manda consertar seu carro, o mecânico, para receber, tem que lhe entregar o carro funcionando. E por que eu teria que receber se não cumpri com a minha parte que era a de ganhar a causa? E não me pagou.

— E você?

— Nunca mais aceitei nenhuma causa trabalhista de suas empresas. E só não o levei aos tribunais para que me pagasse o que devia, porque tinha outros processos em que, com certeza, eu venceria a causa, como logrei vencer, e iria receber boa porcentagem pelo meu trabalho.

— De minha parte, devo lhe dizer, Tavares, que já ganhei muitas causas a seu favor, mas, sinceramente, com muita pena das vítimas de sua ganância.

— Verdade? E... você trabalha mais com causas de contratos de compra, não é?

— É isso mesmo. E ele não me autoriza a negociar nenhum centavo. Leva tudo até as últimas consequências. E já fui muito humilhado e insultado uma vez que perdi uma causa. Faz alguns meses. Há pouco tempo, quase "quebrou" uma empresa por causa de alguns dias de atraso na entrega das mercadorias.

— Você está se referindo ao Weber e ao Sílvio?

— Isso mesmo.

— São muito honestos e a empresa deles, apesar de não ser das maiores, vem progredindo a olhos vistos. Não sei se não vão ter dificuldades por isso. E Jaime e Luiz Henrique? Não tomam nenhuma providência? Me parecem bem diferentes de Nestor.

— Na verdade, eles cuidam das compras e das lojas, mas quem negocia preços e condições é Nestor e, muitas vezes, nem ficam sabendo desses problemas.

— Se eu sair desta, dispenso os dois! Velhacos! Tripudiando sobre mim! E ainda fazendo chacotas! – pensa Nestor, com vontade de gritar a plenos pulmões.

— Sabe, Tavares, não desejo mal a ninguém, mas, francamente, se Nestor morrer, vai virar um "santo", por todo o bem que fará a muitas pessoas, principalmente a seus funcionários.

— Por todo o bem que sua morte fará ou por todo o mal que deixará de cometer?

— Dá na mesma.

— E ainda desejam a minha morte! Vão se haver comigo!"

No Plano Espiritual (1)
CAPÍTULO 6

Nota do autor: este capítulo, impresso **em *itálico*,** narra acontecimentos **ocorridos no hospital,** durante o sono, no fenômeno da emancipação da alma, **dos quais Nestor não se recorda.**

NESTOR ABRE OS OLHOS E SE VÊ NUM QUARTO de hospital, deitado sobre uma cama.

– Meu Deus! Consegui abrir os olhos! – alegra-se. – E estou enxergando!

Ainda não consegue mexer os braços, as pernas e a cabeça, apesar de lograr movimentar os dedos, tanto dos pés quanto das mãos, além dos olhos e da boca. Percebe também, algo luminoso por sobre a cabeça, sem conseguir ver o que é.

Logo em seguida, entra no quarto um senhor que, pelas vestes brancas, imagina ser um médico, acompanhado de uma senhora e um rapaz, ambos também de uniformes brancos.

– Boa noite, Nestor. Seja bem-vindo a este novo hospital. Como se sente?

No começo, Nestor sente certa dificuldade em falar, mas assim que o enfermeiro, com o movimento de uma alavanca, ergue o encosto da cama, colocando-o numa posição mais elevada, consegue pronunciar, ainda com a voz pastosa:

– Novo hospital? Por acaso, fui transferido?

– Provisoriamente. Talvez por algumas horas.

– Como assim? Não entendo. Onde estão meus familiares, minha esposa Berenice?

– Logo estará entre eles novamente.

– Com certeza me trouxeram aqui para algum exame...

– Na verdade, trouxemos você para conversarmos.

– Conversar? E precisaram me transferir de hospital só para conversar? Por que não foram até lá?

O médico olha para os dois assistentes, lhes endereça um sorriso e responde:

– Fique tranquilo. Não é por acaso que estamos fazendo assim. Você irá entender.

– Pelo menos, me explique uma coisa: estou me sentindo bem melhor, tanto que já consigo falar, abrir os olhos e enxergar. Só me preocupa o fato de ainda não ter os movimentos do corpo, com exceção dos dedos das mãos e dos pés.

– Com o tempo, creio que vai melhorar. Terá que fazer muitas sessões de fisioterapia e outros procedimentos para voltar, realmente, ao normal. Pelo que sei, você ouvia, não?

Nestor pensa um pouco antes de responder, porque sente algo de estranho nas palavras desse médico. Afinal de contas, ouvia, sim, mas quando se encontrava totalmente paralisado e sem poder abrir os olhos, lhe parecia que os médicos, que o tratavam no outro hospital, não sabiam disso. Até já os tinha ouvido dizer que ele estava em completo coma, sem enxergar e nem ouvir nada. Mas ele escutava tudo o que diziam ao seu redor, principalmente, alguns comentários desagradáveis. Houve momentos em que, desesperado, queria gritar que estava lúcido, temendo por procedimentos médicos, os quais não levariam em consideração esse importante detalhe. Chegava a entrar em tão grande desespero, que acabava por sucumbir ao que ele considerava algum tipo de desmaio emocional, haja vista que, nessas horas, tudo se apagava. E explica tudo isso ao médico que o atende neste momento.

– Posso imaginar o seu sofrimento, Nestor. Infelizmente, ainda não se conhece tudo sobre o coma.

– Mas, como? Se o senhor sabe...

– Aqui neste hospital possuímos um pouco mais de conhecimento sobre isso.

– Ainda não consigo entender, doutor...

– Alexandre.

– Doutor Alexandre...

– E estes são meus auxiliares, Antonio e Eunice.

– Muito prazer..., mas por que neste hospital sabem mais sobre o coma e não divulgam o conhecimento que têm?

– Não se preocupe com isso agora.

– Doutor, eu vou voltar a me mexer, enfim, sarar? O senhor falou em fisioterapia e outras providências...

– Tem grandes chances, mas tudo vai depender de você.

– E o que devo fazer?

– Em primeiro lugar, paciência; em segundo lugar, paciência e, em terceiro lugar...

– Paciência?

– Sim, mas a de nos ouvir com muita atenção em todas as visitas que nos fizer neste hospital.

– Vou ser trazido até aqui mais vezes?!

– Sim, porque aqui você terá o tratamento mais eficaz para a sua recuperação.

– Será neste hospital que receberei o tratamento fisioterápico para melhorar meus movimentos?

– Aqui e lá. Mas o procedimento mais importante que faremos será o do esclarecimento.

– Não estou entendendo...

– Nestor, sei que ficará assombrado com o que irá ouvir e com o que irá ver neste hospital, mas lhe peço muita calma e muita credulidade, a despeito de tudo.

– Do que está falando? E que horas são agora? Está um silêncio muito grande aqui.

– São duas horas da manhã.

– E por que trabalham de madrugada?

– Por que é o momento mais tranquilo. Neste horário, a maioria das pessoas dormem e tudo fica mais fácil.

– E por que necessitam de tanto silêncio?

– Para que não acordem você – responde o médico que, apesar de saber a conveniência de não ir tão abruptamente ao assunto, não pode perder tempo.

– Não podem me acordar? Eu estou acordado.

– Nestor, hoje é o primeiro dia deste tratamento

e vai ser um pouco mais rápido que os dias vindouros, na verdade, sempre à noite. Dessa forma, quero que preste bem atenção no que vou lhe revelar. Com certeza, irá achar bastante estranho, fantástico, talvez, mas é a pura realidade.

— *Do que está falando?*

O médico reflete um pouco e diz:

— *Com o tempo irá aprender mais e compreenderá com mais facilidade. Neste momento, devo lhe dizer, e não precisa se assustar, porque é bastante normal o que lhe está ocorrendo...*

— *E o que está ocorrendo comigo?*

— *Você está dormindo, ou seja, o seu corpo está adormecido naquele hospital.*

— *Como assim, se estou aqui...?*

— *Você, Espírito que é, se encontra aqui.*

— *Eu, Espírito?!*

— *Por favor, Nestor, ouça-me somente. Por favor.*

— *Está bem.*

— *No início é difícil compreender e aceitar, principalmente no seu caso que, por uma deferência especial, encontra-se aqui neste momento. Mas o que acontece é que quando uma pessoa dorme, ela, Espírito que é, se* liberta do corpo, um fenômeno bastante natural, que se denomina emancipação da alma.

– Emancipação da alma?

– Sim. O Espírito se liberta e entra em contato com o plano espiritual que é o verdadeiro plano da vida.

– Plano espiritual?

– Isso mesmo. Na verdade, trata-se da dimensão que habitamos após a morte do corpo físico e terreno. A maioria das pessoas costuma dizer que possui um Espírito ou alma, quando, na verdade, possuem um corpo. Na verdade, todos somos Espíritos.

– Você quer dizer que eu sou um Espírito e que meu corpo se encontra lá na cama daquele hospital e vim para cá, em Espírito?

– Não é simples? – pergunta, sorrindo, o Dr. Alexandre.

– Mas e este meu corpo? – pergunta, em seguida, pois na posição sentada baixa o olhar e vê seus braços, suas pernas e seus pés.

– Esse corpo que você utiliza agora, se denomina perispírito, e é o que liga você, Espírito, ao corpo que se encontra adormecido naquele hospital da Terra.

– Hospital da Terra? Meu Deus, vim parar num

hospício, ou melhor, nem mudei de hospital e vocês são três loucos se fazendo passar por médico e enfermeiros.

O doutor Alexandre se limita a sorrir e pede ao seu assistente:

– Antonio, por favor, apanhe o espelho.

– Pois não, doutor.

E o enfermeiro abre um armário e de lá retira um espelho redondo do tamanho de um prato, entregando-o ao médico que, colocando-o a uns quarenta centímetros dos olhos de Nestor, e um pouco acima de sua fronte, lhe diz:

– Olhe em cima de sua cabeça.

Nestor olha através do espelho e vê um fio luminoso que sai do topo de seu crânio e que parece atravessar a parede do quarto.

– O que é isso? Uma sonda?

O médico ergue um pouco mais o espelho para que ele veja bem por onde sai o fio e Nestor percebe não se tratar de nada material, mas de uma luz que se curva e se dobra.

– Não é uma sonda?

– Não, Nestor. Trata-se de um fio de natureza fluido-magnética que o liga, Espírito que é, ao seu corpo na Terra.

– *O senhor está falando sério?*

– *Falo sério.*

– *Quer dizer que meu corpo está adormecido?*

– *Adormecido e sonhando um sonho de ordem mental, advindo das diversas experiências de vida, misturadas com alguns desejos, medos, fatos, que um dia o impressionaram, enfim, o cérebro material vai abrindo as "gavetas" da memória e liberando ideias que formam o sonho que, normalmente, as pessoas se recordam ao acordar.*

– *E supondo que tudo o que está me dizendo seja verdade, isso só está acontecendo comigo?*

E, como sempre, sorrindo, o Dr. Alexandre lhe responde:

– *Não, isso acontece com todas as pessoas quando o corpo adormece. Espíritos que são, saem do corpo, ligados por cordões, como já lhe disse, fluido-magnéticos, como esse que você acabou de ver, e vão vivenciar um pouco no mundo espiritual, enquanto o corpo físico tem o necessário descanso.*

– *E para onde vão?*

– *Geralmente procuram atender aos seus anseios ou desejos das mais variadas categorias, encontrando-se com outros Espíritos, cujos corpos se encontram tam-*

bém descansando ou com Espíritos desencarnados. E cada uma, como disse, atendendo à própria índole, e relacionando-se com outros, pela afinidade nos desejos. Também se dirigem a locais condizentes com o que pretendem.

Alguns vão à procura de aprimoramentos, frequentando locais de esclarecimento no bem ou procurando locais em que possam ser úteis ao próximo. Outros, atendendo a apelos mais inferiorizados, procuram frequentar locais de viciações e prazeres.

Há até aqueles que permanecem a poucos centímetros do corpo, adormecidos também, tendo em vista a preferência pela ociosidade.

– E isso já acontecia comigo antes?

– Sim, sempre.

– E por que não me lembro agora e nem me lembrei ao acordar, das outras vezes?

– Essas lembranças são muito difíceis, mesmo porque, o sonho cerebral é mais forte que o que se grava no cérebro do perispírito, que se encontra limitado pelo cérebro material terreno.

De outras vezes, até se lembram, mas de uma forma, digamos, "embaralhada", com o cérebro terreno. Agora, muito do que acontece nessa emancipação da alma fica gravado no íntimo do Espírito e que pode vir à tona nos momentos em que se tem, por exemplo, que tomar alguma decisão. Por isso, a importância de se desejar um bom relacionamento durante o sono. Muitas pessoas que sabem sobre esse fenômeno tão natural, oram para que isso aconteça.

— E, mais uma vez, supondo que esteja me dizendo a verdade, não vou me lembrar desta nossa conversa, quando retornar ao meu corpo naquele hospital?

— Não, não vai se lembrar, mas, certamente, levará com você tudo o que de bom aqui aprender e, com certeza, boas ideias e intuições lhe surgirão à mente nos momentos apropriados, e será muito feliz com isso, sentindo muita paz em seu coração. Devo lhe informar que, por algumas vezes, as pessoas podem se lembrar do que lhes ocorreu neste plano verdadeiro da vida, mas, quase sempre, pelo desconhecimento, colocam à conta de um simples sonho. Agora, da próxima vez que para aqui vier, se lembrará do que lhe está acontecendo hoje, porque há uma causa muito nobre no que está ocorrendo.

— Ainda não consigo acreditar.

— Vamos fazê-lo crer.

— E como?

— Sabe, Nestor, tudo isto está lhe acontecendo por força de um pedido de alguém deste plano, e que possui muito merecimento por causa de tudo o que já realizou de bom aqui.

– E quem é essa pessoa? Alguém que já morreu?

– Sim. Alguém, cujo corpo morreu, mas que "nasceu" ou "retornou" triunfante a este seu verdadeiro lar.

– E quem é essa criatura? – pergunta Nestor, um pouco emocionado por estar tendo uma intuição sobre quem seria.

– Quem você acha que pediria por você?

– Minha mãe?

Nesse momento, a porta do quarto se abre e, envolvida por suave luz, entra uma senhora.

– Mãe?! – grita Nestor, entre a estupefação e a emoção.

– Meu filho...! – responde a mulher, aproximando-se da cama e beijando-lhe a face com indizível ternura.

– Mãe?! Estou sonhando?!

– Você está desperto, filho. Apenas seu corpo se encontra adormecido naquele hospital da Terra.

– E quando eu voltar, quer dizer, quando meu corpo acordar? Vou me lembrar deste momento e de tudo isto? – ainda insiste na pergunta, agora à mãe.

– Não, filho. Talvez se lembre de ter sonhado comigo.

– Mas, então, de que adianta eu vir até aqui?

– Ideias vão começar a surgir em sua mente. Com o tempo, eclodirão novos conceitos ou desejos de conhecer algo a mais do que já conhece. Nada do que se aprende de bom se perde. Pode demorar para se aproveitar, mas nada é perdido.

– E vou voltar mais vezes aqui?

– É o que pretendemos, Nestor – responde o médico.

– E tudo por merecimento da senhora, mamãe... E papai? Por que não veio?

– Seu pai será assunto para uma nova visita sua.

– E a senhora estará sempre me esperando?

– Nem sempre, filho. Tenho outras ocupações por aqui, mas, com certeza, na próxima noite, estarei. Agora, devo ir-me. Você ainda ficará por mais algumas horas, passando por um tratamento com o Dr. Alexandre, Antonio e Eunice. Que Deus nos abençoe, filho querido – conclui sua mãe, dona Lourdes, beijando-o novamente e saindo do quarto silenciosamente, com indefinível alegria no rosto e largo sorriso de agradecimento aos três trabalhadores que irão cuidar de Nestor.

Leontina, Teresa e Marta

CAPÍTULO 7

Voltando à casa...

Nestor, após as recordações sobre os advogados Duarte e Tavares, quando da visita deles no hospital, dirige-se até a cozinha, onde se encontram Leontina, Teresa e Marta, sentadas à mesa, tomando o café da manhã. A mesa da sala de jantar já havia sido desfeita.

– Seu Nestor! – surpreende-se Leontina ao vê-lo entrar naquela dependência da casa, onde já havia um bom tempo não ia, pois até para tomar água, fazia uso de um frigobar em seu quarto ou em seu escritório. – Dona Berenice nos pediu para que tirássemos a mesa do café. O senhor aguarde só um pouco e a prepararemos novamente.

– Não é preciso, Leontina. Se me permitirem, sento-me aqui mesmo, com vocês. Quero apenas um copo com leite e um pão com manteiga e queijo. Isso que vocês estão comendo.

– Mas, seu Nestor...

– Será que não posso sentar-me com vocês?

– Lógico que pode, afinal, a casa é do senhor. Sente-se, por favor – diz Leontina, levantando-se, no que a acompanham Marta e Teresa.

– Ei, onde pensam que vão? Sentem-se e terminem o café. Por favor, sentem-se.

E dizendo isso, senta-se também, enchendo um copo com leite e servindo-se do pão, da manteiga e do queijo.

– Não posso acreditar no que está acontecendo – pensa a governanta.

– E, então, Leontina? Como vai você e sua família? Nem me recordo mais, ou penso que nada ou pouco soube sobre você. Já deve estar há muito tempo conosco...

– Há nove anos, seu Nestor.

– Nove anos...? Como o tempo passa. Você é casada, não? – pergunta, ao mesmo tempo em que olha para a mão esquerda da mulher para se certificar de que usa aliança.

– Sou e já tenho dois netos.

– E seus filhos?

– Tenho só uma filha e ela e seu marido trabalham numa das lojas do senhor.

– Trabalham para mim? – surpreende-se, ao constatar quanto alheio estava em relação às pessoas que mais de perto o cercavam.

– Há quatro anos.

– E ela tem dois filhos...

– Sim. Uma menina de cinco e um menino de três anos.

Nestor olha agora para Marta, bem mais nova que Leontina.

– E você...?

– Marta, senhor. Sou solteira e trabalho aqui há dois anos e meio.

– E esta moça...? – pergunta, olhando para a outra mulher.

– Sou irmã de Leontina e trabalho aqui há um ano.

– O senhor me parece bem disposto hoje, seu Nestor – comenta a governanta.

– Realmente, estou bem melhor. Às dez horas vou fazer fisioterapia. Alcina e Benedito são muito competentes.

– Imagino que sejam excelentes profissionais, pois foi dona Berenice quem os contratou.

Nestor olha para as três e pergunta:

– Lembro-me de que Leontina mora aqui perto. E vocês duas? Moram longe?

– Nós duas moramos no mesmo bairro e temos que apanhar dois ônibus para chegar até aqui – responde Marta.

– E a que horas saem de casa?

– Às quatro da madrugada.

– Às quatro?

– Isso mesmo.

– E a que horas saem daqui?

– Às seis da tarde.

– Meu Deus! Chegam muito tarde em casa.

– Já é noite, por volta das nove.

– É muito tarde, realmente. A propósito, não sei quanto ganham aqui, mas é suficiente?

– É sim, seu Nestor. Dona Berenice nos paga muito bem.

– Vocês têm automóvel?

– Não.

– Casa própria?

– Só a Leontina possui casa – responde Marta. – Nós pagamos aluguel.

– E é muito caro?

– Para nós, é.

– Um terço do que ganham vai no aluguel, seu Nestor – explica Leontina – E nem chega a ser uma casa. Trata-se apenas de dois cômodos no fundo de residências.

– Entendo...

– Mas está tudo bem, seu Nestor – diz Marta. – Não tenho do que reclamar.

– Nem eu – diz Teresa.

– Muito menos eu – completa Leontina.

– Vocês são felizes assim? – pergunta Nestor.

– Eu sou muito – responde Leontina. – Tenho um bom emprego, um bom marido, uma filha e um genro, muito bons, e dois netos que são a alegria de nossa casa.

– Seu marido faz o quê, Leontina?

– Ele trabalha numa quitanda há mais de vinte anos. Na verdade, ele é quem cuida de tudo, até das compras. Seu patrão tem muita confiança nele e vivemos bem, com o que ele e eu ganhamos.

– E você, Marta?

– Não posso reclamar, pois tenho um emprego e não preciso de muita coisa para viver. Enquanto tiver saúde, estou feliz. Tenho minhas amigas e quando sobra algum dinheiro, vamos a uma festa lá no bairro.

– Eu também sou como Marta – se adianta Teresa. – E as coisas vão melhorar pois eu e Marta resolvemos morar juntas e dividiremos o aluguel. Até já tínhamos pensado nisso, mas nunca tomamos essa decisão, mas agora, o dono do meu quartinho pediu para que eu saísse porque sua filha vai se casar e vai morar lá.

Nestor permanece alguns segundos pensativo, até que rompe o silêncio:

– Vou comer um pedaço deste bolo. Quem fez?

– Foi a Marta – responde Leontina.

Assim que Nestor começa a cortar um pedaço do bolo, Berenice, que o havia procurado por toda a casa, entra na cozinha e não acredita no que vê. Seu marido sentado à mesa, junto com as três empregadas, tomando café com leite, pão e bolo.

– Oi, Berenice, sente-se aqui conosco e prove um pedaço deste bolo que a Marta fez.

– Eu já comi de manhã, mas vou me sentar, sim, e comer mais um pedaço.

– Estávamos conversando a convite de seu Nestor, mas já vamos para o trabalho – se justifica Leontina e às outras duas.

– Podem tomar o café com calma – pede Nestor. – Depois fazem o serviço. Para que a pressa?

– Temos horários a cumprir e, se demorarmos muito, não dará tempo para eu fazer o almoço até as doze e trinta.

– E daí? Comemos quando estiver pronto – arremata o homem.

Berenice meneia a cabeça horizontalmente, como se não estivesse entendendo mais nada e pensa: "– Quem é esse homem? Não pode ser o meu marido. Não o reconheço mais. Com certeza, a pancada na cabeça deve ter lhe provocado algum distúrbio."

– Sabe o que estava pensando, Berenice?

– O que, Nestor?

– Estava pensando em dar um aumento para estas duas senhoras, Marta e Teresa, para que possam morar num lugar melhor e mais perto daqui de casa. O que você acha? Logicamente, na mesma proporção, daremos um aumento para a Leontina.

As mulheres se entreolham e não conseguem acreditar no que ouvem. Na verdade, naquela casa, após a volta de Nestor do hospital, ninguém começa a acreditar em mais nada. Muito menos Berenice, que já começa a ficar preocupada: "– Meu Deus, agora enlouqueceu de vez" – E, não aguentando mais, numa reação quase nervosa, começa a rir sem parar.

– De que está rindo, Berê?

– Não sei do que estou rindo, mas senti vontade. Me desculpem. É uma boa ideia, Nestor. Vou providenciar o que está sugerindo, mas gostaria que vocês duas procurassem esse lugar, está bem?

– Está ótimo – responde Marta, animada, abraçando Teresa.

No Plano Espiritual (2)

CAPÍTULO 8

Nota do autor: este capítulo, impresso **em *itálico*,** narra acontecimentos **ocorridos no hospital,** durante o sono, no fenômeno da emancipação da alma, **dos quais Nestor não se recorda.**

– *Boa noite, Nestor* – *cumprimenta o doutor Alexandre, juntamente com Antonio e Eunice, quando este desperta no plano espiritual.*

– *Boa noite, doutor.*

– *Então, como se sente hoje?*

– *Você poderia erguer a minha cabeceira, Antonio?*

O rapaz lhe sorri e aciona a alavanca.

– *Deixe-me experimentar. Já consigo mexer um pouco mais meus dedos, mas, no corpo material, ainda não consigo e nem abrir os olhos.*

– Tudo virá a seu tempo. Lembrou-se de alguma coisa, Nestor?

– Quando acordei, no mesmo instante, me lembrei de minha mãe, e tentei me recordar do possível sonho que deveria ter tido com ela. Mas o que mais me surpreendeu, foi que despertei com grande calma no coração e muita esperança. Sabe, doutor, tenho passado por momentos difíceis lá, principalmente pelo que tenho ouvido das pessoas que me visitam e pensam que eu não as estou escutando.

– E elas disseram alguma mentira, alguma calúnia?

– Não, doutor, mas não imaginava..., aliás, nem nunca pensei que me detestassem tanto. Sabia que tinham muito respeito por mim, mesmo sabendo que era por força do medo de serem prejudicadas.

– Pois é justamente sobre isso que iremos iniciar uma conversa hoje.

– Doutor, não posso mesmo vir aqui durante o dia também?

– Eu já lhe expliquei que, à noite, temos certeza de que dormirá por horas, sem ser acordado por alguém, já que seu acompanhante no hospital dorme também. E pode acreditar que dois ou três trabalhadores deste plano lá permanecem em vigília para que durmam o maior número de horas possível. Durante o dia, existe uma possibilidade bem grande de que acorde com barulhos e conversas.

— O senhor tem razão. Mas volto a perguntar: por que tanto trabalho por mim?

— Os verdadeiros cristãos estão sempre trabalhando no bem, procurando fazer algo de bom e Jesus nos deu o exemplo de que aqueles que mais erram são os que mais necessitam de auxílio. Além do mais, não se esqueça de que estamos atendendo a um apelo que sua mãe vem fazendo há anos e que ela fez por merecer o que está sendo dispensado.

— E pelo que acabou de me dizer, tenho errado muito, não?!

— Muito. Mas isso não vem ao caso agora. Tenho que lhe explicar algumas coisas importantes.

— E minha mãe?

— Virá logo.

— Quero ouvi-lo, doutor.

— Vou começar com uma pergunta, Nestor: você acredita em Deus?

— À minha maneira, sim. Talvez, como uma força superior, mas nunca me importei com isso.

– Então, para começarmos, você precisa acreditar que Deus, realmente, existe, que é bom, misericordioso, justo e foi quem nos criou, independentemente da maneira como se possa ser imaginado, se é que podemos, porque não temos meios de comparação para tanto. Só podemos acreditar, porque ninguém surge do nada. Se nosso coração bate, é porque existe uma força superior que o faz bater e o mantém nessa atividade, além de outras tantas maravilhas do Universo que conhecemos.

– Eu acredito, doutor.

– Muito bem. Agora, uma outra pergunta: Você é uma pessoa bem realizada na vida, não? Pelo menos do ponto de vista financeiro.

– Sim.

– Porque teve oportunidades, não?

– Oportunidades e trabalho.

– Você e seus irmãos herdaram de seu pai uma rede de lojas.

– Sim, e as fizemos crescer mais ainda.

– E se você tivesse nascido num lar muito pobre, mas muito pobre, mesmo?

– Penso que não teria o que tenho e nem seria o

que sou, porque vejo pessoas pobres e imagino o quanto seja difícil, até arranjar um trabalho nos dias de hoje.

– Mas você nasceu no seio de uma família abastada e que lhe deixou bem de vida, não foi assim?

– Sim, mas por que me pergunta tudo isso, que já sei?

– Apenas para criar um quadro que eu possa utilizar para fazê-lo raciocinar sobre as diferenças sociais na Terra.

– Como assim? – pergunta Nestor, bastante interessado.

– É muito simples. Você nasceu com todas essas vantagens financeiras e a maioria das pessoas, não. Por que acha que isso aconteceu com você? Por acaso, imagina que Deus não é justo e, por um simples acaso, lhe deu essa vantagem, colocando outras pessoas em tristes situações? Você sabe que em muitos lugares há gente morrendo de fome...

– Sei disso, mas não saberia lhe dizer por que essa diferença.

– Está bem, mas, partindo do princípio de que Deus não é injusto para com seus filhos, não deve ter sido por acaso que isso ocorre, certo?

– Sim, mas... Que explicação haveria para essas diferenças?

– Só pode haver uma, Nestor. Você já ouviu falar em reencarnação?

– Já ouvi falar, mas nunca me interessei por esse assunto. O que seria?

– É muito simples. Veja bem: todos os homens são Espíritos, criados por Deus, e esses Espíritos, quando no Plano Espiritual, local da verdadeira vida, são revestidos de um corpo mental e de um corpo denominado perispírito, como esse que você utiliza neste momento, e que, para evoluir em direção à felicidade, Deus os faz conviver com outros Espíritos, todos revestidos, além do perispírito, com um corpo carnal, que é uma cópia desse perispírito, em planos mais materializados, no caso, a Terra. Está me compreendendo?

– Estou.

– E assim o é para que possam, através das dificuldades da vida terrena, aprenderem a conviver entre si, amando-se uns aos outros e, depois da morte desse corpo mais material, que não é eterno e se desgasta, retornar ao verdadeiro plano da vida.

– E que, com certeza, não aprende tudo numa vida só. É isso?

– Isso mesmo. Após algum tempo, voltam ao plano material, reencarnando novamente, e quantas vezes forem necessárias, para resgatarem débitos com irmãos com os quais já conviveram, e aprenderem com isso.

– Mas se não se lembram do passado, como podem resgatar ou consertar o que fizeram de errado?

– O esquecimento do passado, Nestor, é uma dádiva que Deus nos concede porque, senão, seria impossível vivermos juntamente com as pessoas com quem temos débitos a resgatar. Você já pensou como seria difícil ou, até impossível, convivermos com uma pessoa sabendo que ela nos fez um grande mal em outra vida, ou, pior ainda, se ela soubesse o mal que lhe fizemos?

– Mas se não se lembram, como podem agir diferente?

– Muitas vezes, pedem essa reencarnação porque já aprenderam a perdoar e desejam fazer o bem e, mesmo que não se lembrem, essa nova disposição para o bem já vem de forma latente no Espírito.

– E se não desejam isso?

– De outras vezes, vêm compulsoriamente e de uma maneira que inimigos do passado possam ter condições de aprenderem a se amar.

– Mas como isso é possível?

– Pois vou lhe dar um exemplo. Imagine uma pessoa que tenha um ódio muito intenso por outra, por causa de algum mal que ela lhe causou. Com certeza, quando ela estiver sem o corpo físico, esse ódio continuará neste plano espiritual. E como seria a melhor maneira de ela se livrar desse infeliz sentimento, que tanto a faz sofrer, porque, na verdade, o ódio traz muito sofrimento às pessoas? Apenas trocando esse ódio por amor. E, para exemplificar, imaginemos que você tenha um ódio muito grande por alguém e que, depois de desencarnado você reencarne, cresça, se case, tenha um filho e que esse seu filho seja essa pessoa, esse Espírito a quem você tanto odiava. Agora, não sabendo que esse seu filho era aquele mesmo Espírito a quem você tanto odiava, o que vai acontecer? Você vai amá-lo desde pequenino, vai vê-lo crescer, vai educá-lo e, se um dia, quando liberto da matéria, vier a se lembrar de tudo o que aconteceu e que ele foi no passado aquele Espírito que tanto mal lhe fez, com toda a certeza, não vai mais conseguir odiá-lo, porque já trocou esse ódio pelo amor.

– Tem razão, mas por que a necessidade disso tudo?

– Porque sabemos que Deus nos criou para que caminhássemos com nossos próprios passos em direção à felicidade que Ele deseja para todos nós, os Seus filhos, até que não haja mais necessidade das reencarnações. E o fato de reencarnarmos, muitas vezes, com muitas dificuldades e sofrimentos a percorrer não é castigo, mas aprendizado. O nosso presente foi construído por nós no nosso passado e, neste presente, estamos construindo a vida que teremos para viver no futuro. Não adianta nesta Terra conhecermos apenas a teoria. Temos que viver a prática, na reencarnação.

– E por que tenho tudo e outros não têm nada? Sou melhor que os outros?

O médico sorri para Nestor e lhe pergunta:

– Você se acha melhor que os outros? Porque há várias maneiras de se definir se alguém é melhor que outro.

– E como seriam essas maneiras? – pergunta, bastante interessado.

– Em primeiro lugar, meu amigo, o homem geralmente se engana em definir quem está melhor pelo que tem, pelo que possui, quando, na verdade, teria que definir pelo que é e pelo que faz.

– Você quer dizer que nem sempre possuir torna o homem feliz...?

– Sim, porque ser feliz é ficar feliz com a felicidade do próximo, é fazer o bem, é ser amado pelas pessoas ou, pelo menos, possuir a satisfação de saber que os nossos semelhantes desejam o melhor para nós porque somos bons e já sentiram, um dia, a nossa bondade, seja através do auxílio material, sem ostentação, seja através de uma palavra amiga, de um perdão, de um gesto de compreensão. Você me entende?

– Entendo, sim – reconhece Nestor, lembrando-se de quantos inimigos possui ou, pelo menos, um verdadeiro exército de pessoas a lhe desejarem o pior. E, reconhecendo isso, baixa o olhar, envergonhado, porque sabe que se encontra com o íntimo desnudo diante daquele médico benfeitor.

– Nem sempre os que têm mais são os mais felizes, mas poderiam sê-lo porque, se numa encarnação adquiriram a fortuna, Deus não os condena por usufruir dessas facilidades que o dinheiro traz, apenas espera que procurem empregá-las para o bem e que não permitam que a ganância os tornem verdugos diante de seus semelhantes.

– E como seria esse emprego no bem?

– Em você mesmo existe um exemplo de como fazê-lo porque, em parte, já o faz.

– Faço?! – espanta-se Nestor.

– Sim. Veja que você o emprega em sua rede de

lojas dando emprego a muitas pessoas que possuem famílias para sustentar. Apesar de ser para vender mais e ganhar mais ainda, faz vendas com preço baixo e isso também ajuda muita gente a adquirir produtos que vão lhes facilitar a vida.

— Mas não lhes dou amor, não é? Ao invés disso, prejudico concorrentes com trapaças e engodos, além de espalhar o terror em meus funcionários, não é?

— Você está dizendo e, se está dizendo, sabe também que está deixando de possuir muitos amigos que, com certeza, o estariam abençoando pelo emprego que possuem e admirando-o por atos de honestidade, ética e lealdade. Isso também ocorreria com seus concorrentes.

— Até minha esposa e meus filhos acabam me evitando para que não haja mais dissabores entre nós.

— Muitos pobres, Nestor, são mais felizes que você. Muito mais felizes. E você também poderia ser feliz e fazer os outros mais felizes ainda.

Nestor deixa escapar algumas lágrimas e, refletindo um pouco, diz:

— Penso que tem razão quanto à necessidade das reencarnações.

108

– Pode me dizer por que chegou a essa conclusão?

– Crendo em Deus e na Sua justiça, realmente, Ele não poderia distribuir felicidade e sofrimento ao Seu bel-prazer ou por um simples acaso, porque, senão, alguns somente sofreriam e outros não, e também pelo fato de existirem pessoas santas e assassinos frios. Pessoas tão boas, que trazem a felicidade, e outras más, que fazem os outros sofrerem, como muitas vezes eu o fiz.

E mais lágrimas afloram de seus olhos, enevoando a sua visão.

– Que bom que, tão rapidamente, percebeu essa realidade, meu filho – diz Lourdes, sua mãe, que, sem se anunciar, aparece no quarto, ao seu lado.

– Mãe...! Que felicidade ver a senhora, e quanta alegria estou sentindo em compreender essas verdades da vida, apesar de me sentir muito envergonhado diante da senhora.

– Não se sinta envergonhado, meu filho. Apenas sinta-se feliz por poder começar um novo caminho.

– Mas eu assimilarei, realmente, tudo isto? Porque se não, de que me adiantará?

– Não percebe que já se sente melhor e mais tranquilo e confiante, quando desperta?

– Sim.

– Não está percebendo que já começou a pensar de maneira diferente?

– Sim.

– Então, não se preocupe. Ponha o coração no que lhe está sendo descortinado e verá que o que se aprende com o sentimento, não mais se esquece.

– E como poderei entrar em contato com tudo o que estou aprendendo aqui, quando retornar à vida? Quer dizer, se eu retornar a uma vida normal no plano material da Terra.

E Nestor mais uma vez faz a pergunta que já fizera ao doutor Alexandre:

– Eu vou sarar, mamãe? Vou poder me locomover, falar novamente?

– Tudo nos leva a crer que sim, meu filho, mas terá...

– Que ter paciência, não é?

– Paciência e força de vontade.

– Pois eu terei as duas coisas.

– Quanto ao que lhe está sendo ensinado, você poderá encontrar muito o que ler e aprender na Doutrina Espírita.

– Foi o que imaginei, mas como vou saber?

– Saberemos como levá-lo a encontrar-se com a Doutrina dos Espíritos e os ensinamentos de Jesus.

– Vocês têm como fazer isso?

– Dependerá muito mais de sua vontade.

– Como assim?

– Dependerá de como reagirá quando retornar a uma vida normal, ou seja, se não irá se deixar levar novamente pela ambição e pelas ilusões do poder e do mando, da vaidade e do egoísmo.

– A senhora me ajudará, mãe?

– Pode ter plena certeza disso, mas, como acabei de lhe dizer, vai depender de você.

Nestor cerra os olhos e pede:

– Meu Deus, me ajude a me sentir na Terra, como estou me sentindo hoje. Eu Lhe imploro. Dê-me essa chance.

Nesse momento, é Lourdes quem não consegue conter as lágrimas de júbilo e de alegria. Quanto trabalhou em benefício de necessitados de toda a ordem a fim de adquirir merecimento para angariar essa chance de intervir, com o auxílio de outros trabalhadores do bem, na salvação de seu amado filho.

E, agora, silenciosamente, agradece a Deus por essa dádiva de uma mãe que tanto sofreu intentando recuperar Nestor, Espírito muito devedor do passado, cujos débitos, detém ela, boa parcela de culpa.

Recordações do hospital
A visita de Leopoldo
CAPÍTULO 9

Mais uma vez, Nestor se põe a recordar os momentos difíceis que passou quando internado, ainda sem conseguir abrir os olhos, se mexer ou falar.

"Acabara de acordar e, apesar da solidão que sente, quando desperto, encontra-se mais tranquilo, consequência do que passou durante a emancipação da alma, enquanto dormia. Uma lembrança de algum sonho bom parece querer vir à sua consciência, mas, por mais que tente, não consegue se recordar. Lembra-se muito de sua mãe e até consegue imaginar a sua fisionomia com muita perfeição e detalhes, como há algum tempo não conseguia. Parece-lhe ter estado com ela.

– Acho que sonhei com minha mãe. Sua imagem está tão nítida na minha lembrança... – pensa.

E deixa-se aquietar com essa sensação tranquilizadora, sentindo-se bem intimamente. Apesar de toda a sua agonia pelo estado em que se encontra, sem saber se irá sarar ou ficar indefinidamente nessa situação, mergulha nesse estado de torpor mental.

Mas essa relativa paz é interrompida por alguém que percebe entrar no quarto e é recebido por sua esposa. Nestor, até aquele momento não tinha noção de quem estaria ali no quarto.

– Bom dia, Berenice – cumprimenta uma voz masculina, que Nestor, de pronto, não consegue saber reconhecer, apesar de não lhe ser desconhecida.

– Bom dia, Leopoldo – responde a esposa.

– Leopoldo...? – pensa Nestor – Ah, sim, é o corretor com o qual já fizemos alguns negócios.

Leopoldo é um bem sucedido corretor de imóveis, acostumado a realizar grandes transações com pessoas ricas e também bem sucedidas. Ultimamente, Nestor o havia recebido em sua casa, pois pensava em adquirir alguns lotes de terreno num condomínio fechado, de alto padrão, que ele estava lançando. E até se fizera amigo, tendo em vista que residia bem perto de sua casa, quase vizinho. Há pouco tempo havia se divorciado e continuara morando lá, enquanto sua ex-esposa se mudara para luxuoso apartamento que recebera na partilha dos bens.

– E Nestor? Está se recuperando? Já estive aqui e conversei com Jaime, mas procurei me informar com sua governanta, para vir novamente quando você estivesse aqui com ele.

– É muita gentileza de sua parte, Leopoldo.

– Posso imaginar o quanto deve estar sofrendo, com ele nessa situação.

– É... e não temos ainda nenhuma informação de seu estado. Nem os médicos, nem o doutor Fonseca, um dos melhores nessa especialidade, conseguiu ainda definir como irá reagir a esse traumatismo que, apesar de não ter lesionado o crânio, ocasionou, pelo que pude compreender, um acúmulo de sangue, a lhe pressionar importante região do cérebro. Somente nos resta aguardar.

– E você, como está?

– Sinto-me impotente, pois nada posso fazer.

Já pensei em procurar um outro médico para ouvir sua opinião, mas Jaime e Luiz Henrique me asseguraram que, como já lhe disse, o doutor Fonseca é, realmente um especialista nessa área.

– Entendo...

– Mas, sente-se, por favor.

– Obrigado. Vou ser breve, pois não quero incomodá-la.

– Não me incomoda. Na verdade, é bom conversar um pouco. Passei toda a noite aqui.

– E dormiu?

– Dormi, sim, apesar de não ser muito agradável passar a noite num hospital.

– Imagino. Você já tomou um café, comeu alguma coisa? Posso providenciar algo.

– Já tomei um chá com torradas que me foi oferecido pela enfermagem.

– Se quiser ir até a cantina, fico aqui com Nestor.

– Agradeço muito, Leopoldo, mas não tenho fome.

Ficam alguns segundos em silêncio e Berenice percebe um certo nervosismo em Leopoldo, parecendo lhe querer falar alguma coisa. De qualquer maneira, espera que ele tome a iniciativa, mas o homem olha para ela, baixa os olhos e, agora, mais ainda, ela se convence de que, realmente, quer lhe dizer algo.

— Você me parece um pouco agitado, Leopoldo. Sente-se bem?

— Sim, apenas...

— Fale...

— Bem... é que, há algum tempo, quando a vejo... nas vezes em que a oportunidade se apresentou, pois, de qualquer maneira..., somos quase vizinhos, e parece incrível, mas... por coincidência, vejo-a sempre...

— Sim...

— É que... bem... posso estar enganado... mas, vejo-a como uma pessoa que me parece... triste, talvez...

— Triste?

— Sim, triste. Oh, me desculpe se estou sendo indelicado e, de repente, esteja vendo o que não existe...

Berenice permanece calada por alguns segundos, pensando no que aquele homem acaba de lhe falar. Realmente, não é mais, há um bom tempo, na verdade, há muitos anos, uma pessoa feliz, mas nunca imaginou que alguém fosse perceber isso. Só não entende uma coisa: se fosse uma mulher a lhe dizer isso, acharia bem normal, mas partindo de um homem, a coisa fica mais séria ainda, pois sabe que os homens normalmente não se apercebem desses detalhes. A não ser... será que Leopoldo estaria prestando atenção nela? Diz que a vê sempre... Um pouco difícil para os que moram naquele bairro, onde todos saem de casa dentro de veículos com os vidros fechados, com os portões se abrindo eletronicamente, o que já é uma prática bastante utilizada, até por uma questão de segurança... E, agora, depois de muitos anos convivendo com Nestor, que pouca atenção lhe dá, tendo em vista se ocupar mais com os negócios, até por carência, sente-se lisonjeada e feliz por ver que alguém ainda se interessa por ela. E, ingenuamente, lhe sorri ao lhe responder:

– Não se preocupe, Leopoldo. Você não está sendo indelicado e até sinto-me lisonjeada em perceber que existe alguém que nota a minha existência.

Porém, ao dizer isso, imediatamente se arrepende, pois aquelas palavras saíram tão espontaneamente, que a fazem corar. Nestor, por sua vez, não acredita no que ouve. Sente enorme calor, como se labaredas estivessem lhe queimando por dentro, a subirem do abdome até a cabeça, numa horrível sensação que nunca sentira em toda a sua vida. Sem dúvida, é invadido pelo ciúme e, pela primeira vez, percebe o quanto ama sua esposa e o perigo que corre.

– Meu Deus! – exclama, intimamente. – Foi preciso encontrar-me nesta situação, preso neste leito, completamente inerte, para perceber o quanto agi mal com Berenice. E ela tem toda a razão, pois apenas faço uso de nosso casamento para satisfazer minhas necessidades, sem, realmente, me importar com a sua existência. E a mulher necessita de muita atenção, porque é o que de mais importante existe para ela num relacionamento conjugal. E esse cara percebeu essa fragilidade em Berenice e está querendo tirar proveito disso e de sua carência. Oh, meu Deus, preciso sair logo desta cama, desta situação.

– Por que me diz isso? – pergunta Leopoldo, agora mais animado com a resposta dela. Na verdade, desde que fora morar no mesmo bairro e, após vários encontros com o casal, por força de negócios, não para de pensar em Berenice. Com o relacionamento com a esposa bastante desgastado e já na iminência de uma separação, acabara se apaixonando pela esposa de Nestor, numa atração até mesmo difícil de ele compreender. Até chegara a pensar e procurar ler alguma coisa sobre esse tão falado amor à primeira vista, pois era a única maneira de ele definir essa verdadeira obsessão por ela.

E não era por acaso que constantemente a via, pois sempre procurava alguma forma de encontrá-la, chegando até a segui-la para descobrir onde ia e, dessa forma, poder admirá-la, discretamente. Não procurava nenhuma aventura amorosa, mas sonhava com um relacionamento sério.

Berenice, por sua vez, tenta disfarçar:

– Desculpe-me. Nem sei por que lhe disse isso. Talvez eu me encontre muito abalada com a situação de Nestor.

Mas Leopoldo não pode deixar escapar essa oportunidade.

– Compreendo a sua discrição, mas percebi que o que me disse foi algo que deva ter, subitamente, surgido de seu íntimo, numa forma de desabafo. O que não posso compreender é como uma mulher como você possa ser tão ignorada a ponto de externar tamanho sofrimento. Como não notar a sua existência?

– Gostaria muito de pararmos essa nossa conversa por aqui e também de lhe pedir que esqueça o que me ouviu dizer.

Mas Leopoldo ainda insiste:

– Você não se dá bem com seu marido, Berenice? Não quero parecer inoportuno e insistente, mas lhe pergunto isso porque já passei por essa situação e no meu caso foi minha esposa quem parecia me ignorar e sei o quanto é difícil. Não a amo mais, mas enquanto a amava, sofri bastante com a sua indiferença. Conheço, e muito, esse sofrimento e alimentei por muito tempo a esperança, até que cheguei ao limite, e hoje me sinto em paz comigo mesmo, porque me libertei. E, então, não vai responder a essa minha pergunta?

Berenice olha para o marido e, na certeza de que ele não os estava ouvindo, vê-se estranhamente alimentada por um impulso, quase adolescente, de dar continuidade a essa sensação de ser cortejada, num prazer que há muito tempo não sentia. E responde, ainda tímida:

– Não é que eu não me dê bem com ele, mas Nestor há já alguns anos somente se interessa pelos negócios, colocando-nos, a mim e a nossos filhos, num segundo plano de sua vida. O seu interesse por nós é apenas o de nos proporcionar o melhor. Disso não podemos nos queixar, mas não é só de conforto e facilidades que uma família necessita...

E antes que termine essa frase, Leopoldo a completa, intentando colocar palavras nos lábios dela:

– É de carinho, não é? Principalmente você, pois os adolescentes, como Eduardo e Marcela, possuem outras atividades, outras atenções, creio que, até, amorosas. Mas você, Berenice, sente falta disso, não?

– É mais ou menos isso, Leopoldo. Quando namorávamos e por alguns poucos anos de casados, ele era muito atencioso, apaixonado. Depois, somente os negócios, a conquista de poder, de mando. Parece que quer ver as pessoas com temor por ele, temor que, é óbvio, acaba se transformando em respeito forçado e, principalmente, subserviência, o que muito lhe agrada; de todos os que o cercam, desde os seus funcionários até eu e meus filhos.

– E você é tão jovem, ainda... – diz o homem, com visível paixão no olhar, o que não passa despercebida por Berenice, que, apesar de sentir-se entusiasmada com aquela situação, baixa timidamente o olhar, colaborando para aumentar, ainda mais, o amor de Leopoldo.

E, vendo que poderá ter chances com ela, lhe pede:

— Berenice, gostaria de conversar mais longamente com você, mas num outro lugar, mais à vontade e não precisa se preocupar, pois sou uma pessoa muito respeitosa e, até, poderia ser num restaurante, num almoço. Diga que aceita este meu convite.

— Não sei, Leopoldo. Não acho certo.

— E o que acha certo? Continuar a viver infeliz?

— Não, e já conversei com meus filhos a respeito de uma separação.

Nestor sente enorme calafrio, desta feita, contrastando com o calor que sentia. Na verdade, começa a se sentir muito mal. E é neste momento tão difícil, na verdade, o mais difícil, que percebe o quanto ama a esposa e terrível medo invade-lhe todo o ser: o medo de perdê-la, ou mesmo de já tê-la perdido. Um medo de perda somado à preocupação de vê-la tão carente a ponto de encantar-se com o primeiro que lhe dispensa um pouco de atenção. Um medo de vê-la envolver-se com alguém que, talvez, somente esteja interessado numa aventura barata e que, certamente, a fará sofrer mais do que já sofre com a sua própria indiferença. E por sua única e exclusiva culpa. – Por que só agora, meu Deus – pergunta, desesperado –, pude perceber o quanto a amo? Por que só agora, que me encontro paralisado neste leito de hospital, sem poder me mexer, sem poder falar, sem nada poder fazer para impedir que minha Berenice se envolva numa aventura, é que descubro meus sentimentos?

E o pior é que já não consegue emitir mais nenhum grunhido, pelo menos para mostrar-se vivo. E se encontra nesse estado angustiante quando ouve a porta do quarto se abrir. E as vozes de Cida e Marlene são, agora, um alento ao seu coração oprimido. Nunca se sentira tão agradecido pelas cunhadas entrarem em seu quarto. Pelo menos, vão interromper aquele perigoso diálogo entre Berenice e Leopoldo.

– Bom dia, Berenice – cumprimentam as concunhadas e amigas.

– Um bom dia para vocês, também. Este é Leopoldo, um nosso vizinho. Veio visitar Nestor.

– Visitar Nestor ou você? – pergunta, maliciosamente, Cida, que já conhece as intenções do homem, pois ele já havia conversado com ela, a respeito de Berenice.

Marlene, mais recatada, apesar de não saber de nada, faz que não ouve a indisfarçada intenção de Cida.

– Nós já nos conhecemos, não é, Leopoldo?

– Oh, sim. Já cruzamos o nosso caminho nas imediações da casa de Berenice. Mas ainda não tive o prazer de ser apresentado à senhora, dona Marlene.

– Muito prazer, senhor – diz Marlene.

E Leopoldo, um pouco constrangido com as palavras de Cida, despede-se:

– Bem, vou-me agora. Já estamos em quatro pessoas no quarto e devo despedir-me. Berenice, se precisar de alguma coisa, pode me telefonar. Sei que os irmãos de Nestor estão sempre a postos, mas pode contar comigo para qualquer outra eventualidade. Vou deixar este meu cartão com você, com o número do telefone de minha casa e de meu telefone celular.

– Muito obrigado, Leopoldo, pela visita e pelos telefones. Vou acompanhá-lo até o elevador. Eu já volto, Marlene

– Não tenha pressa – responde Cida, dando-lhe uma piscadela."

Recordações do hospital
Ciúme e angústia
CAPÍTULO 10

E as angustiantes lembranças de Nestor continuam a lhe desfilar pela mente.

"– Será que Berenice vai demorar? – pergunta-se, percebendo que a mulher fora acompanhar Leopoldo até o elevador. E só lhe resta ficar escutando a conversa entre as cunhadas, o que o deixa mais angustiado.

– Meu Deus, Cida! Por que falou daquele jeito?

– Como? – pergunta, fazendo-se de desentendida.

– Ora, falando que esse tal de Leopoldo veio para visitar Berenice.

– Mas é verdade. Você acha que alguém vem até aqui para visitar Nestor?

– Com certeza, as pessoas não vêm para visitá-lo, pois não fala, não ouve, está em coma, mas não precisava falar que ele veio visitar Berenice, não é?

– É porque você não sabe de nada. Esse homem está apaixonado por ela.

– Como assim? E como você sabe?

– Leopoldo é um corretor de imóveis que já fez vários negócios com Nestor, mora na mesma rua que eles, é divorciado da mulher e mora sozinho com os empregados. Um dia, eu estava no *shopping* com Berenice e o vi olhando para ela com muito interesse e lhe perguntei se o conhecia. Foi quando fiquei sabendo que Nestor fazia esses negócios imobiliários com ele e que ele já estivera em sua casa por várias vezes.

– Mas, e daí?

– Daí que não foi somente essa vez que o vi nos observando a uma certa distância, ao sairmos da casa dela. E não era para mim que ele olhava.

– E Berenice percebeu alguma coisa?

– Berenice é muito ingênua, mas gosto tanto dela, que até acho que seria bom se ela se separasse desse tirano aqui e arranjasse um outro homem.

– Meu Deus, Cida! Que conversa é essa?

– Sabe, Marlene, falando com muita seriedade agora: eu e você somos felizes no casamento, não somos? Vivemos todas as emoções do namoro, as emoções do casamento, e nossos maridos são atenciosos, gentis, estão sempre nos demonstrando o amor que sentem por nós, não é? Pelo menos, comigo é assim e sou muito feliz.

– Eu também, Cida. Jaime é muito romântico comigo.

– E nós, mulheres, vivemos disso. É como o ar que respiramos. Necessitamos de atenção, carinho e, principalmente, proteção. Não só da proteção financeira, mas da proteção de alguém que nos ame e que tudo faria por nós.

– É verdade.

– Berenice, há muitos anos, não vive isso, e você sabe. Quando foi a última vez que viu Nestor dizer alguma coisa que preenchesse o coração dela?

– Mas, quanto a separar-se... Até já conversamos sobre isso e não gostei nem um pouco da ideia.

– Eu também, Marlene. Mas Berenice merece um pouco de felicidade. Vai passar o resto de sua vida assim, dessa maneira? Um dia, Eduardo e Marcela se casam, passam a viver a vida deles e que lembranças Berenice irá ter? Penso que quando a gente envelhece, só nos resta a lembrança dos momentos felizes, principalmente daqueles que vivemos a dois. Eu vi, um dia, um casal de idosos que se olhavam como cúmplices da grande felicidade vivida.

– Você está poética hoje, Cida.

– Eu tenho esse meu jeito meio maluco de falar, dou gargalhadas, tenho a língua solta, mas tenho coração, Marlene, e gosto de ver pessoas felizes à minha volta e já estou cansada de me entristecer com o sofrimento de Berenice.

– E você acha que ela teria coragem de se separar e recomeçar uma vida nova com outro homem?

– Se ela tem coragem, eu não sei, Marlene. Mas penso que a atenção e o interesse de alguém por ela vai lhe fazer enorme bem, vai erguer um pouco a sua autoestima como mulher. Nem que seja apenas pelo fato de voltar a sonhar com a felicidade.

– É... E Nestor não sabe a mulher maravilhosa que está perdendo ou que, pelo que imagino, já perdeu.

– Foi por isso que disse naquele dia que talvez fosse melhor para todos que ele não voltasse desse coma com vida.

– Eu não penso assim, porque, quem sabe, ele não volte à vida, um pouco diferente? Pelo menos, viu a morte de perto.

– Não tenho nenhuma esperança nisso. Acho até que voltará pior, pensando em ganhar mais dinheiro, ainda pelo fato de ter verificado que não somos nada e que poderemos morrer de uma hora para a outra.

– Isso é verdade. Não somos nada. Falando nisso, Cida... – diz, pensando um pouco antes de continuar a frase –, ... o que você pensa sobre a morte? Ou nunca pensou?

– Isso é uma coisa em que penso sempre.

– E o que acha? Morreu, acabou?

– Não creio, porque Deus, e eu acredito na Sua existência, não pode nos ter criado para que, simplesmente, desaparecêssemos num túmulo de cemitério.

– Você acredita na existência de um Céu e de um inferno?

– Não.

– Não? Mas foi o que aprendemos.

– Como posso acreditar num Céu, Marlene, se nem todos têm a possibilidade de serem bons numa vida como esta? Posso estar errada, mas é o que penso.

– Como assim?

– Se houvesse Céu e inferno como aprendemos, desde meninas, creio que esse Deus que nos ensinaram a acreditar, seria injusto.

– Injusto?!

– Certa feita, vi e ouvi pela televisão, um homem dizer que as coisas não poderiam ser tão simples como ensinado sobre esse assunto, porque, senão, Deus seria injusto.

– E o que foi que ele falou?

– Primeiro falou que não podia crer que Deus condenasse um filho Seu a um sofrimento eterno, pois o que dizer de Sua bondade, se nem um pai ou uma mãe faria isso? Um pai que realmente ama seu filho se encontra sempre pronto a perdoá-lo e lhe proporcionar quantas oportunidades forem necessárias para vê-lo feliz. E que Deus, com certeza, possui um amor muito maior que um pai terreno. Além do que, Jesus veio nos ensinar que devemos perdoar setenta vezes sete e que o perdão implica em nova oportunidade.

– É... tem muita verdade nisso. E o que mais ele falou?

– Disse ele que teve um sobrinho que morrera com três meses de vida e que todos diziam que essa criança estaria no Céu, num paraíso.

– Também penso assim.

– É, mas ele contestou, não o fato de seu sobrinho ter ido para um Céu, afinal de contas, ele nunca havia cometido um pecado, mas contestava a justiça de Deus se tudo fosse dessa maneira, porque Deus havia premiado a criança com a morte prematura, com a qual não teria tido a chance, ou a oportunidade de errar.

– Não consigo entender...

– É simples. O homem fez uma comparação, então, com um bandido e assassino que somente cometeu o mal e que, de acordo com a crença que a maioria das pessoas tem, com certeza, seria condenado a um inferno eterno. Mas se ele tivesse morrido com três meses de vida, como aconteceu com seu sobrinho, teria ido para o Céu também.

– Agora, estou compreendendo.

– E ainda disse mais: e se o seu sobrinho tivesse vivido até a idade madura? Como teria sido a sua vida? Não poderia, talvez, se tornar um grande pecador?

– Interessante, Cida.

– E falou tantas coisas, que me deixaram impressionada com a lógica de seus pensamentos. Falou ele que não podia acreditar que um ser humano que conseguisse viver até os cinquenta, sessenta, setenta ou oitenta anos ou, talvez, um pouco mais, já tivesse condições de ir para um Céu, lugar de felicidade eterna, um verdadeiro paraíso. Que via nesse pensamento muita pretensão do homem em achar que com tão pouco tempo de vida já tivesse alcançado essas condições.

– E como seria o correto para ele?

– Então, ele falou em reencarnação, em que o Espírito reencarna muitas e muitas vezes para ir aprendendo com as diversas situações da vida. E confesso que achei bastante interessante e até já procurei ler alguns livros a respeito.

– Também já ouvi falar. Os espíritas pregam isso, não é?

– Isso mesmo.

– Mas do que Cida está falando? – pensa Nestor. – Por que ficar se preocupando com a morte? Quem deveria estar preocupado com isso sou eu, que nem sei o que está me acontecendo. Penso que nem os médicos sabem.

E, pela primeira vez, Nestor que, até aquele momento, tinha grande esperança de que tudo lhe sairia bem, cai numa realidade em que não havia pensado, pelo menos com intensidade: e se ele morresse? Se não saísse vivo desse hospital?

E, nesse momento, diante do que ouvira Cida comentar, lembra-se de que também não passava de um mísero mortal. Já fora a velório e sepultamento de muitas pessoas, sempre achando que somente os outros morriam e que iria viver por muitos e muitos anos. Sente, então, mais um calafrio a percorrer-lhe as entranhas.

– Será que vou morrer? Não, eu não posso morrer. Tenho muito o que fazer na vida.

Permanece alguns instantes em silêncio, procurando não pensar em nada, até que se apavora com o que acaba de lhe vir à mente:

– Muitos, provavelmente, já tiveram estes mesmos pensamentos, num leito de hospital, e simplesmente morreram. Por que serei diferente deles?

E a necessidade o faz rogar Àquele de quem muito pouco se lembrara em sua vida:

– Meu Deus! Por favor! Não me leve agora! Dê-me mais um tempo, Senhor!

Quase não ouve mais Cida e Marlene, tão concentrado fica nesse pensamento, implorando e implorando, até que, como se retornasse à realidade, volta a mente para uma outra grande preocupação.

– Mas por que Berenice está demorando tanto? Disse que já voltaria. Há quanto tempo será que saiu para acompanhar Leopoldo...? E Cida e Marlene com essa conversa de separação... Meu Deus! Será que ela vai me abandonar? Como pode? Faço tudo por ela e pelos nossos filhos. Ou será que, realmente, não tenho lhe demonstrado o quanto a amo? Só me dedico ao trabalho, por eles.

De repente, a dúvida invade o seu pensamento: – Será que tenho feito tudo o que faço, por eles ou, para, simplesmente, atender aos meus desejos de poder e de mando, como já ouvi falarem?

É interessante como as pessoas acamadas, com doenças graves, acabam se dando conta de muitas coisas que, estivessem sãs, não lhes passariam pela mente. A doença, muitas vezes, é uma bênção para que possamos nos analisar como se estivéssemos nos analisando de fora de nós mesmos.

Então, a porta se abre e Berenice entra no quarto, arrancando proposital exclamação de Cida:

– Você demorou, hein, Berenice?

– Demorei?

– Não que estivéssemos cobrando a sua presença, mas é que você disse que iria apenas acompanhar Leopoldo até o elevador.

Berenice não consegue conter o rubor nas faces e tenta explicar, um tanto atrapalhada, o que não passa despercebido de Nestor:

– Só demorei um pouquinho porque Leopoldo me convidou e insistiu para que fosse com ele até a cantina do hospital e o acompanhasse num café. Ficamos conversando e acabei me distraindo...

– Ele está lhe fazendo a corte, Berenice? – pergunta Marlene.

– A "corte"?! – exclama Cida, dando sonora gargalhada. – Em que mundo você vive, Marlene? "Corte"?

– Ah, Cida! Uma maneira mais amena de perguntar.

– Mas de onde você tirou essa ideia, Marlene? Ficou louca?

– Ora, Berenice – responde Cida, antecipando-se –, nós duas sabemos que Leopoldo está apaixonado por você. O que Marlene quer saber é se ele está abrindo o seu coração a você. Uma maneira amena, também, de perguntar se ele não estaria querendo se relacionar mais intimamente.

– Não quero falar sobre isso, Cida – responde, bem séria.

– Não precisa se chatear, minha amiga. Estamos só querendo saber. Afinal de contas, além de concunhadas, somos grandes amigas e queremos a sua felicidade.

– Penso que não é hora ainda para falarmos sobre esse assunto.

– Tudo bem, Berenice, não falamos mais sobre isso – concorda Marlene. – Certo, Cida?

– Certo, mas não posso negar que adorei ouvir Berenice usar o termo "ainda". Já me sinto informada.

– Você não tem jeito mesmo, Cida!

E Nestor sente uma angústia maior e um ciúme a lhe ferirem as mais íntimas fibras do seu ser, ao ouvir a resposta de Berenice."

No Plano Espiritual (3)
CAPÍTULO 11

Nota do autor: este capítulo, impresso **em *itálico*,** narra acontecimentos **ocorridos no hospital,** durante o sono, no fenômeno da emancipação da alma, **dos quais Nestor não se recorda.**

É noite e Nestor se encontra, mais uma vez, durante o sono, no hospital do Plano Espiritual. Desta feita, já consegue mexer um pouco mais os braços e as pernas.

Ao seu lado, uma moça lhe sorri e se apresenta:

– Meu nome é Karina e estou designada para realizar alguns procedimentos em suas pernas, a fim de que comece a melhorar o seu grau de força muscular, o que virá a colaborar com a recuperação física de seu corpo que se encontra no plano terreno.

– Você é fisioterapeuta?

– Pode me chamar assim.

Dizendo isso, Karina começa lhe instalar alguns eletrodos nas pernas, em outras partes do corpo e em sua cabeça, mais precisamente na parte alta de seu crânio.

— Vai usar algum aparelho?

— Isso mesmo.

— Igual aos que são usados na Terra?

— Parecido, porém, bem mais avançado. Além disso, já vai chegar uma equipe de três Espíritos que vão lhe aplicar passes, a fim de revigorar, não somente, o seu corpo, como também o equilíbrio de sua mente e de seus pensamentos.

— Passes? Quando mamãe era viva, ela frequentava um Centro Espírita perto de nossa casa. Ela era a única que se dizia espírita na família e me levava quando tinha passes. Lembro-me vagamente de que entrávamos numa pequena sala e pessoas colocavam as mãos a alguns centímetros de nossa cabeça, e depois nos serviam um pequeno copo com água na saída. Mas não sei como funciona isso.

Nesse momento, entram três moços, cumprimentam Nestor, e Karina lhes diz que talvez ele tivesse interesse em saber como funcionam os passes. E um deles, identificando-se com o nome de Célio, pacientemente começa a discorrer sobre o assunto, enquanto Karina liga os terminais dos eletrodos num pequeno aparelho manual e o põe a funcionar. Nestor sente, então, pequena corrente elétrica lhe percorrendo o corpo e lhe trazendo, em poucos segundos, um indefinível bem-estar.

E Célio inicia:

– Vou tentar lhe explicar da maneira mais simples possível o que venha a ser o passe magnético, que não tem nada de fantástico. Trata-se apenas de um fenômeno físico somado à enorme força, ainda um tanto desconhecida na Terra, que é a força do amor ao próximo. Mas vamos iniciar por um caminho mais material: você, talvez deva saber que quando uma corrente elétrica passa por um fio condutor, ao redor deste, forma-se um campo eletromagnético.

– Tenho conhecimento disso, inclusive que é assim que se constroem os transformadores de força, através de duas bobinas que são fios enrolados num núcleo e que são percorridos por uma corrente elétrica.

– Isso mesmo, e quando a eletricidade passa pelo fio de uma das bobinas, gera um campo eletromagnético e esse campo, por causa da pequena distância que se encontra da outra bobina, induz nessa outra, uma corrente elétrica maior ou menor, dependendo do número de espiras que essa segunda contenha. Dessa maneira, pode-se aumentar ou diminuir a corrente elétrica. Por isso se chamam transformadores de força.

– E, pelo que sei, isso acontece porque ocorre o efeito contrário da primeira. Nesta, a eletricidade gera um campo eletromagnético e na segunda, o campo eletromagnético gera uma corrente elétrica, não é?

– Isso mesmo, e qualquer estudante conhece isso. Um campo eletromagnético de grande porte é o que, na verdade, transmite as comunicações da Terra, através do ar, levando som e imagem, através do rádio, dos televisores e outros meios de comunicação.

– Sei disso.

– Pois, então. E você já sabe também, que nós, Espíritos, possuímos um corpo mental, um perispírito e um corpo carnal.

– Sei. O doutor Alexandre já me explicou.

– Na verdade, Nestor, o corpo mental e o perispírito, assim como o corpo de carne que utilizamos quando encarnados na Terra, são constituídos de átomos que, por sua vez, são constituídos por elétrons, prótons, nêutrons e outras partículas, algumas já conhecidas e outras não.

– Estou compreendendo.

– Estou indo muito depressa?

– Não, pode continuar. Está muito interessante.

— E as células que, por sua vez, formam os corpos, também são constituídas por átomos e possuem suas organelas envolvidas por uma finíssima membrana que é conhecida pelo nome de membrana plasmática. Agora, entre o seu interior e sua parte exterior, existe uma diferença de potencial, que nada mais é do que uma geradora de eletricidade.

— Sim...

— Dessa maneira, o sangue, constituído por células eletricamente carregadas, que percorre todo o nosso corpo através de veias e artérias, é como se fosse uma corrente elétrica percorrendo um fio. Está me acompanhando?

— Estou, sim, e não sei se estou certo, mas nossos neurônios também possuem eletricidade, não é?

— Sim, e dessa forma, com toda essa movimentação de corrente elétrica pelo nosso corpo, forma-se em todo o nosso redor, assim como no fio condutor, um campo eletromagnético. Esse campo é o que denominamos Aura, já vista e comprovada na Terra, anos atrás, por uma câmera fotográfica, chamada de câmera Kirlian, com a qual se descobriu, através de experiências muito bem elaboradas, que, conforme o nosso estado mental e físico, essa aura se apresenta com colorações diferentes.

146

– Somente nós possuímos essa Aura ou todo ser vivo?

– Bem lembrado, Nestor. Todo ser vivo, animal e vegetal possui essa Aura. E quando estamos bem, essa Aura possui um equilíbrio em sua vibração. Agora se estamos mal, física ou mentalmente, ela passa a ter vibrações desencontradas e desequilibradas. Mas o contrário também é possível de se conseguir, ou seja, se de alguma forma, conseguirmos reequilibrar uma Aura desequilibrada, ela vai influenciar a nossa mente e nos acalmar, por exemplo. Por vezes, pode agir, também, no corpo físico, devolvendo a saúde.

– Seria o caso das curas milagrosas?

– Sim e que nada têm de milagrosas, pois são fenômenos físicos e de amor, mas que dependerá, em muito, da vontade de Deus e do merecimento do paciente ou da necessidade de cura ou não, dentro do aprendizado que terá que enfrentar na vida.

– E o passe faz isso?

– Sim. O passe atua no perispírito e, por consequência, no corpo físico, através de centros de força, que se encontram ligados a determinados órgãos de nosso corpo. Os médiuns que aplicam os passes, com a mente equilibrada, através da prece e do desejo de fazer o bem, com a própria Aura, também equilibrada, podem fazer com que, à sua aproximação, e doando energias que lhes saem das mãos, a Aura da pessoa que recebe o passe se reequilibre novamente, trazendo-lhe calma, tranquilidade, o que influenciará também o seu organismo físico.

– E esses médiuns são auxiliados por Espíritos desencarnados quando aplicam o passe?

– Isso mesmo. Espíritos de muita luz doam energias aos médiuns, através do centro coronário, localizado no alto da cabeça, que, somadas às suas próprias, vão, como disse, reequilibrar a Aura do paciente. Agora mesmo, quando formos lhe aplicar um passe, Espíritos elevados nos enviarão essas energias.

– Célio, você falou, há pouco, algo a respeito da aproximação dos médiuns passistas e doação de energia através das mãos. O que quis dizer com aproximação?

– O que acontece é que o passe pode também ser realizado apenas com a aproximação de pessoas bem intencionadas, sem nem mesmo saberem alguma coisa sobre esse fenômeno que, como disse, é bastante natural. Uma mãe, por exemplo, ou um médico, à cabeceira de um filho ou de um doente, estando com o coração voltado para o amor e o desejo de curar, já estão ministrando um passe.

148

– *Compreendo. Agora, vocês irão ministrar um passe em mim.*

– *Isso mesmo.*

– *E ele irá reequilibrar a minha Aura, acalmando a minha mente e influenciando o meu perispírito no sentido de uma melhora na minha saúde?*

– *É o que estamos pretendendo, mas o resultado de todo o esforço dependerá da vontade de Deus que, justo sabedor de nossas necessidades de aprendizado, é quem decidirá o melhor para nós. E temos que ter total confiança Nele. Essa é a verdadeira fé, aconteça ou não o que desejamos, porque nem sempre o que desejamos é o melhor para nós num momento de nossa vida.*

– *Entendo. E essa fisioterapia que Karina está me aplicando...?*

– *Da mesma forma, ela está cuidando de seu perispírito que é o que ela pode fazer e o perispírito, como já deve saber, é o corpo que temos neste verdadeiro plano da vida.*

– *Sei.*

– *Se for para o seu bem, este seu corpo, mais precisamente os seus músculos e nervos, que essa é a intenção desse tratamento de Karina, serão beneficiados, trazendo os mesmos benefícios ao seu corpo físico, sendo que tudo de acordo com a vontade do Mais Alto.*

– Vou orar e pedir uma nova chance.

– Muito bem, Nestor. Agora, cerre os olhos e procure mentalizar a imagem de Jesus, da maneira como você o imagina, seja através de um quadro, de uma imagem, enfim, a verdadeira finalidade do que lhe peço é a concentração. Você consegue?

– Creio que sim.

– Mas não se esqueça de que o mais importante em mentalizar essa imagem é plantar em seu coração um sentimento de quem muito necessita, e quem muito necessita tem que se colocar na posição de humilde filho de Deus e irmão de Jesus, lembrando-se de que Ele muito se sacrificou por nós, para nos trazer os seus ensinamentos.

– Vou fazer o possível.

– E sem muita preocupação, Nestor, pois não há necessidade de rituais, palavras decoradas e bonitas e nem de um cérebro privilegiado. Basta, apenas, que se coloque como um humilde filho de Deus, reconhecendo que necessita do auxílio do semelhante, o que nos retira todo e qualquer sentimento de orgulho e vaidade.

– Entendo.

Nesse momento, Célio posta suas duas mãos a alguns centímetros da cabeça de Nestor e interioriza profunda e sentida prece a Deus, rogando que auxilie esse irmão tão necessitado, na verdade, um daqueles que são os mais necessitados porque muito sofreu e fez outros sofrerem com as algemas da vaidade, do orgulho e do egoísmo.

Enquanto isso, os dois acompanhantes de Célio se postam ao seu lado, também em prece.

Realmente, Nestor passa a se sentir mais calmo e confiante, animado para enfrentar com fé o problema por que passa. De qualquer maneira, se encontra caminhando em direção a profundas mudanças em sua maneira de ser e de pensar.

E depois de passar algum tempo completamente envolvido em vibrações de muita paz, abre os olhos e vê que o quarto se encontra vazio. Célio, seus companheiros e Karina já não mais se encontram no ambiente, sendo que, após alguns poucos segundos, Lourdes, sua mãe, entra no quarto.

— Mamãe! Que alegria!

— Como se sente, filho?

— Depois da sessão de fisioterapia com Karina e o passe de Célio e de seus dois acompanhantes, sinto-me bem melhor. E melhorei muito com esses passes, pois me encontrava muito mal. Sabe, mãe, ouvi uma conversa que muito me entristeceu entre Cida e Marlene.

— Sobre Berenice?

– A senhora sabe?

– Apenas imaginei – informa, sem entrar em detalhes, deixando que o filho lhe conte. – E o que foi?

– Sobre o interesse de Berenice por um outro homem, mãe. Ele se chama Leopoldo e é um corretor de imóveis com o qual realizamos alguns negócios e que mora perto de casa.

– E o que pensa sobre isso, filho?

– Dói-me muito, mãe, porque agora, mais consciente sobre a vida, acabei descobrindo que a amo demais e que vou acabar perdendo-a. Já há algum tempo, tenho consciência de que ela não mais me suporta. E pior, mãe, é que tudo por minha própria culpa.

– Você está adquirindo uma bela qualidade, filho. Adquirindo ou a retomando, que é a de reconhecer os próprios erros.

– É verdade...

– E o que pretende fazer, filho?

– Não sei, mãe. Mas se eu sair desse coma, vou procurar ser melhor. Sabe, até ouso dizer que me sinto outro. Mas não quero forçar nada. Talvez, pelo exemplo, eu ainda tenha chances de reconquistar o seu coração, porque penso que não adianta promessas, mas, sim, a demonstração de uma mudança. E penso, sinceramente, que não vou precisar fingir porque, como já lhe disse, estou começando a me sentir uma outra pessoa.

– Estou muito feliz e orgulhosa de você, filho. Sabia que não seria em vão este auxílio que os trabalhadores do bem, na pessoa do doutor Alexandre e de tantos outros, lhe estão dispensando.

– Vocês, desculpe a pretensão, poderiam, talvez, falar com ela, na sua emancipação da alma, durante o sono? Ou, talvez, não poderíamos ter um encontro, eu e ela, neste lado?

– Sabe, filho, as coisas não funcionam bem assim e não devemos intervir dessa maneira, mas tenho certeza de que o que está recebendo aqui, e com sua boa vontade, poderá reconquistá-la.

– A senhora acha, mãe?

– Penso que se passar a agir com o coração, com humildade, simplicidade e com respeito e amor ao próximo, com certeza, a chance de reconquistá-la será muito grande.

– Chance, mãe?

– Chance só, filho. Não podemos desrespeitar o livre-arbítrio de ninguém. Mas tenha fé, coragem, vontade e tudo poderá dar certo, mesmo porque, seria melhor para vocês e para Eduardo e Marcela.

– Me arrependo tanto de meus erros, mamãe.

– O arrependimento sincero é poderosa alavanca propulsora para mudanças íntimas, principalmente se esse arrependimento for em função de uma transformação em favor do amor sincero e desinteressado.

– A senhora muito me anima.

– Penso que ainda temos mais alguns poucos minutos, filho, pois percebo que o fio luminoso que o liga ao corpo começa a diminuir sua extensão.

– Como assim?

– Vamos dizer que ele estava com sobras no comprimento, sinal de uma emancipação da alma mais profunda e, agora, já não há mais tanta folga. Você me entende? Foi a maneira mais compreensível que eu pude usar para lhe explicar.

– Compreendo, sim.

– Você quer falar sobre mais alguma coisa?

– Gostaria, sim.

– Sobre o quê?

– Eu me lembro que, quando criança, fui um dia até o Centro Espírita com a senhora e ia ter início uma reunião... mediúnica, não...?

– Isso mesmo: mediúnica.

154

– E ouvi algo sobre a comunicação de Espíritos nessa reunião. A senhora poderia me falar algo a respeito?

– Sabe, filho, a comunicabilidade dos Espíritos com os homens não é coisa nova. Desde os primórdios da antiguidade isso já ocorria. E isso através da mediunidade, que é a capacidade de Espíritos se comunicarem de diversas formas, seja através da escrita, seja através da fala, além de muitos outros tipos de mediunidade existentes. Você ainda vai ler sobre esse assunto e aprender mais.

– Como vou me interessar por isso, se não me lembro dos momentos em que venho aqui?

– No momento certo, você irá sentir a vontade e, nessa hora, Espíritos o auxiliarão. De qualquer forma, vou lhe dizer o nome de três títulos de livros que acredito serem de muita utilidade você ler. Preste atenção e, no momento certo, irá lembrar-se:

– Pode falar, mãe.

– O Evangelho Segundo o Espiritismo, O Livro dos Espíritos, ambos de Allan Kardec e para começar, também o romance E a vida continua..., de autoria do Espírito André Luiz, psicografado por Francisco Cândido Xavier.

– Chico Xavier?

– Isso mesmo.

– Eu me lembro vagamente do nome desses livros, pois a senhora os tinha na sua estante.

– Isso mesmo.

– E sobre a reunião mediúnica?

– Existe um tipo de comunicação que é feita por Espíritos que têm como objetivo nos ensinar, como foi o caso de Allan Kardec, que compilou diversas comunicações de Espíritos de várias partes do mundo, através de diversos médiuns, e todos com a mesma linguagem e o mesmo ensinamento.

– Sim...

– Mas o que você deve estar querendo saber neste momento, é sobre a finalidade das comunicações que, atualmente, são feitas nos Centros Espíritas, não é?

– Isso mesmo.

– Sabe, filho, como você já sabe, todos nós reencarnamos para aprender, certo?

– Sim.

– Acontece que os Espíritos, quando desencarnam, não abandonam seus defeitos e vícios, suas fraquezas e, também, suas virtudes. E, desencarnados, são atraídos a habitar planos inferiores ou superiores, dependendo de suas boas ou más qualidades. E passam a conviver, por consequência, com Espíritos mais elevados moralmente ou com Espíritos inferiores, em locais de aprendizado e trabalho em favor do próximo ou em locais de sofrimento e trevas, respectivamente, muitas vezes escravizados por Espíritos malignos e inimigos do Bem. Está me acompanhando?

– Estou, mãe.

– Com certeza, esses Espíritos que se comprazem com o mal são criaturas que, equivocadas com o que significa a verdadeira felicidade, são inimigos da Boa Nova de Jesus.

– E o que fazem?

– Trabalham em missões maldosas, obsediando Espíritos encarnados, procurando fazer vingança com as próprias mãos, para seu deleite ou para o deleite de outros que os "contratam", a troco de favores de ordem inferior, na maioria das vezes, favores ligados aos vícios do sexo, da bebida ou das drogas.

– Meu Deus!

– E os mais poderosos, utilizando-se de recursos de ascendência mental, acabam escravizando os mais fracos, que são também devedores, colocando-os a seus serviços e obrigando-os a fazerem o mal. Para você ter uma melhor ideia do que estou falando, tenho como exemplo o que ocorre nas penitenciárias da Terra, onde existem os chefes de verdadeiras quadrilhas internas, escravizando os mais fracos que lá chegam.

— Dá para compreender, mãe.

— Veja, filho, que eu estou procurando lhe dar apenas uma noção sobre o que me perguntou, mas, com certeza, irá se aprofundar nos diversos livros da Doutrina Espírita.

— Sei disso.

— Pois bem, existem também entidades que, quando desencarnam, nem se apercebem disso, passando a viver como se estivessem sonhando com o que lhes está acontecendo, num estado, digamos assim, de um torpor, ficando a perambular junto a pessoas e ambientes e coisas que lhes são caras.

— Não sabem que já desencarnaram?

— Não, porque, como falei, pensam estar vivendo como se vive num sonho e, muitas vezes, um verdadeiro pesadelo.

— Pesadelo?

— Momentos terríveis, geralmente condicionados ao momento de suas mortes, principalmente se possuem a consciência pesada.

— E como ficam?

158

– Nesse tipo de desencarnação, principalmente pelo exagerado apego às coisas materiais, ficam a viver junto daqueles a quem amam ou que odeiam, de maneira possessiva e egoísta, chegando a lhes trazer grande mal-estar com as suas presenças.

– E como esclarecê-los?

– As reuniões mediúnicas têm a finalidade de os auxiliarem, pois, através de médiuns, se pode conversar com eles e encaminhá-los a lugares de auxílio, fazendo-os entender a verdadeira finalidade da vida. Para tanto, aquele que conversa com eles através dos médiuns, consegue fazê-los visualizar Espíritos que os querem auxiliar, que não conseguiam enxergar até então, tão ligados se encontravam ao pensamento de que ainda se encontravam no plano terrestre.

– Mas, mamãe, existem médiuns suficientes para atender a todos? A maioria dos países nem segue o Espiritismo, como no Brasil.

– Uma pergunta muito importante, filho. Na verdade, todos os que necessitam e se dispõem a se modificar intimamente e corrigirem seus erros e desacertos, certamente serão auxiliados pelos Espíritos, sem a ajuda dos encarnados, sem o auxílio de médiuns. Na verdade, as reuniões espíritas existem para que os encarnados tomem conhecimento dos problemas por que passam os Espíritos necessitados, numa oportunidade de aprendizado e para que também exercitem a caridade.

– E também recebem a comunicação de Espíritos mais evoluídos com mensagens, não?

– Oh, sim, mensagens de ânimo, otimismo ou verdadeiras "receitas" de felicidade, com certeza, sempre com a prática do bem ao próximo.

– Só mais uma pergunta, mãe.

– Pode fazer, filho.

– Eu nunca vim ter com a senhora ou com outros Espíritos, trabalhadores do Bem, durante o sono, em outras ocasiões?

– Infelizmente não, Nestor. Muito já fiz para atraí-lo até nós, a fim de lhe dar alguns conselhos, mas você, assim que se emancipava do corpo, procurava divertimentos fáceis e companhia de outros Espíritos, também emancipados pelo sono, ou já desencarnados, com os quais mantinha mais afinidade no tocante ao que mais lhes interessava.

– Quais afinidades? – pergunta, apesar de já fazer uma boa ideia.

– Afinidades no tocante a negócios, muitas vezes escusos, comemorações de vitória da ganância e outros meios de um maior enriquecimento, sob o terrível prisma do egoísmo, da vaidade e do orgulho.

– Imagino. E por que, desta feita, a senhora e os outros conseguiram me atrair para cá?

– É muito simples, filho. A sua fragilidade física e emocional o colocaram numa posição de necessidade, esquecendo-se dos inferiores impulsos da ganância e dos prazeres. Perdoe-me dizer-lhe tudo isto, mas foi bom que tenha me perguntado. Esse esclarecimento que lhe dei, com certeza, será de muita importância para você.

– Eu é que lhe peço perdão pelo caminho que estava trilhando e que a fazia sofrer tanto. E se eu sair desta, não nos veremos mais?

– Tudo vai depender de você, filho. Do seu desejo íntimo de fazer o bem. Dessa maneira, poderemos realizar muitos trabalhos em proveito de Espíritos muito mais necessitados.

– Prometo que vou me esforçar. Mesmo não me lembrando destes nossos encontros, tenho fé de que terei, no meu íntimo, estes pensamentos cristãos que a senhora está me ensinando. Tenho fé de que verei a vida como ela realmente é. E conto com a ajuda da senhora.

– E leve consigo também esta verdade revelada a Kardec pelos Espíritos quando ele lhes perguntou se bastava não fazer o mal, para ser feliz e caminhar em direção à luz.

— E qual foi a resposta?

— Os Espíritos lhe disseram que para não se fazer o mal, basta a inércia, enfim, não se fazer nada. Que o ideal seria fazer o bem porque este envolve uma ação, uma disposição para um trabalho em benefício do próximo. De forma resumida, nos ensina que devemos nos preocupar em fazer o bem sempre, porque os Espíritos nos ensinam que não seremos julgados apenas pelo mal que tivermos ou não cometido, mas também pelo bem que tivermos deixado de fazer e, principalmente, por todas as consequências oriundas desse bem que não fizemos, tendo a oportunidade para tanto.

— E papai, mãe?

— Percebo que você já se encontra prestes a acordar, filho. Por isso, numa outra ocasião falaremos sobre ele.

— Ele está bem?

— Precisa de auxílio e conto com a sua ajuda. Mas no momento certo.

Recordações do hospital
Revelação dolorosa
CAPÍTULO 12

É NOITE E NESTOR, EM SUA CASA, NO SILÊNcio de seu quarto, rememora mais um momento difícil por que passou, quando internado.

"Nesse dia, mais uma visita indesejável para os seus ouvidos. São quase nove horas da manhã e ele percebe que seus filhos estão lhe fazendo companhia, porque os ouve conversar. Falam sobre o sofrimento de ver o pai naquela cama.

– Será que papai vai sarar, Eduardo?

– Nem os médicos sabem ainda dizer, apesar da notícia que os deixou otimistas, ontem.

164

– Sobre o pequeno coágulo estar se desfazendo lentamente e estar sendo absorvido vagarosamente pela corrente sanguínea, não é?

– Isso mesmo. Não estão conseguindo compreender direito, porque não é tão comum o que está ocorrendo com esse coágulo.

– Foi o que também os ouvi falar. Parece ser difícil ou quase impossível isso acontecer, apesar de que já leram relatos médicos que narram essa ocorrência.

– Disseram que são muito raros, com uma porcentagem baixíssima.

– Tomara que ele se recupere logo, principalmente por mamãe, que se encontra muito abatida. Apesar de tudo o que sente, não deixa de cumprir com o seu papel de esposa, se mantendo a maior parte de seu tempo aqui com ele.

– Mamãe é uma santa, Marcela.

– 'Apesar de tudo o que sente' – pensa Nestor, tristemente. – Até meus filhos já falam naturalmente sobre o que Berenice sofre por minha causa, mais precisamente sobre o meu terrível gênio autoritário, insensível e, admito, desumano.

– De qualquer maneira, não gostaria que se separassem, Eduardo.

— Eu também, mas papai precisa mudar, o que acho muito difícil. Desejo de todo o coração que ele sare e volte à vida, pois o amo muito, mas, sinceramente, fico imaginando como ele voltará desse coma.

— Imagino que pior, Eduardo, pois dirá que não foi bem tratado, irá brigar com os médicos, com mamãe e até conosco.

— Não vou fazer isso, não, meus filhos! – intenta falar Nestor, mas não consegue – Meu Deus! Quero lhe dizer que os amo muito e que, inexplicavelmente, não sou mais o tirano que conheceram. Como eu os fiz sofrer e a Berenice...

— E o que podemos fazer? É nosso pai.

— E o amamos.

— Também os amo, filhos – emociona-se Nestor, sem conseguir emitir mais nenhum ruído que seja.

Nesse momento, duas leves batidas na porta anunciam a chegada de alguém. Imediatamente, Eduardo a abre e se depara com dois homens muito bem vestidos que o cumprimentam, dizendo terem vindo fazer uma visita.

— Meu nome é Alencar e este é meu pai, Odécio. Ficamos sabendo sobre o acidente com Nestor e viemos vê-lo. Somos parceiros e algumas vezes adquirimos mercadorias juntos, com o fim de baratear o preço, somando a quantidade de nossa compra com a dele.

– Eu os conheço de nome – diz Eduardo que, quando não está na Faculdade, procura inteirar-se dos negócios do pai e dos tios.

– Você é Eduardo, seu filho, não é?

– Sou.

– Nós já nos fomos apresentados no escritório de seu pai.

– Eu me lembro.

– E como ele está?

– Parece estar bem fisiologicamente, mas ainda não saiu do coma e não consegue mover nenhum músculo, nem abre os olhos e não ouve nada.

– Foi um acidente, não? – pergunta Odécio.

– Foi. Um caminhão invadiu a pista em que ele dirigia. Era noite e chovia forte.

– Ficamos sabendo – diz Alencar.

Marcela, não se sentindo bem na presença desses homens, que lhes parecem iguais ao pai, obcecados pelo ganho, e pela maneira como se apresentaram, interrompe-os:

— Eduardo, gostaria de aproveitar que você tem a companhia desses senhores e ir até a cantina do hospital.

— Pode ir, Marcela. Fique à vontade e não tenha pressa — concorda o irmão, percebendo a real intenção da irmã. Também não tem nenhuma admiração por esses "parceiros" de seu pai.

E assim que a moça se retira, Alencar continua a conversa:

— Pois então, Eduardo, vamos rezar para que seu pai se restabeleça logo. Gostamos muito dele. A propósito, você cursa Administração de Empresas, não?

— Isso mesmo, e gosto muito desse curso.

— Pois isso é muito bom, afinal de contas, já tem um emprego garantido na empresa.

— É... papai quer que eu trabalhe lá.

— Mas é o que todo pai empresário gostaria que seu filho fizesse. Eu dei continuidade aos negócios do meu pai. Pena que meu único filho não se interesse nem um pouco em fazer o mesmo.

— Não?

– Não. Alencarzinho só pensa em tocar violão, cantar. Quer ser cantor. Pode, uma coisa dessas? Querer ser cantor. Nem sei se tem boa voz...

– O senhor nunca o ouviu cantar?

– Eu não. E minha esposa ainda o apoia.

Então, Odécio, pai de Alencar, que aparenta ter mais de oitenta anos, mas ainda cheio de vigor, toma a palavra.

– Os filhos deviam seguir o exemplo do pai, como você o faz, Eduardo, principalmente quando se trata de um dia vir a herdar os seus negócios. Fico contente de ver você fazendo isso. Do seu avô Clemente, a empresa passou para Nestor, Jaime, Luiz Henrique e Eneida. Quando eles não estiverem mais sobre a Terra, você estará à frente levando o nome da família à continuidade dos negócios. E vou torcer para que você seja tão inteligente quanto seu pai e, principalmente, seu avô.

– O senhor o conheceu?

– Oh, sim. Crescemos juntos nos negócios e até hoje nossas famílias são parceiras. Seu avô era um homem muito inteligente. Você o conheceu?

– Ele morreu quando eu tinha uns onze anos, penso eu, mas pouco contato tive com ele, pois só pensava nos negócios.

— E é o que está certo. O homem comum foi feito para o trabalho, e os inteligentes, para os negócios.

— Meu avô era muito inteligente mesmo?

— Inteligente e ladino – diz o homem, com um largo sorriso no rosto. – Nem seu pai conheceu verdadeiramente o quanto ele era "vivo". Você sabe que seu pai somente começou a se ocupar, de verdade, com os negócios depois que seu avô morreu. Nestor, de início, não se interessava muito, não. Passava ao largo das lojas dele. Estudou para assumir, assim como seus irmãos, mas era um rapaz meio tolo, assim como seus tios, também o eram. Apesar de que seus tios ainda o são um pouco. Com o passar do tempo, seu pai os passou para trás na inteligência e na vivacidade para os negócios.

— Ele tem razão – pensa Nestor. – Eu era diferente do que sou hoje e essa "vivacidade" de que ele fala eu conheço muito bem. Na verdade, foi ela que me afastou de minha família. E quanto ao meu pai, realmente, não cheguei a conhecê-lo profundamente, pois era como fui até hoje, depois que passei a me interessar em ganhar cada vez mais.

— Esse homem só sabe falar na palavra "negócio"! – pensa, por sua vez, Eduardo.

– Seu avô – continua o velho –, era uma verdadeira raposa. Começou com uma pequena loja que vendia ventiladores, liquidificadores e ferros de passar, no mesmo endereço em que se localiza a principal loja de vocês. Lá onde estão os escritórios.

– Sei – responde Eduardo.

– Era um negócio simples, que dava apenas para sustentá-lo e à sua família, assim como o meu o foi.

– Posso imaginar.

– Mas seu avô era um homem de visão. Sabia que poderia enriquecer com a sua inteligência. E assim o fez.

– Como?

– Ele sabia que não iria conseguir subir na vida sozinho e ofereceu sociedade ao dono do prédio em que ele tinha a loja, pois pagava aluguel. A sua loja era pequena, mas estava localizada num terreno de quase meio quarteirão e ele, então, forjou resultados de vendas que não ocorriam.

– Como assim?

– É muito simples. Vamos supor que ele vendesse cem peças por mês, certo?

– Sim.

– Ele mandou confeccionar talões de notas fiscais em duplicidade e os preenchia com vendas falsas, premeditadamente, e um dia, conversando com o proprietário do imóvel, lhe mostrou as notas falsas, demonstrando que seu negócio ia de vento em popa, com muitas vendas, enfim, um negócio promissor.

– E daí...

– Daí que o proprietário, seu nome era Miguel, ficou muito interessado naquela verdadeira mina de ouro e, como não gostava de trabalhar, pois até vivia miseravelmente, apenas com o aluguel de seu avô e também não tinha nenhuma iniciativa para negócios, apesar de ser dono de todo aquele terreno, foi levado pela conversa de Clemente e tornou-se seu sócio. Miguel era viúvo e possuía apenas uma filha, casada, que morava em um outro bairro.

– Sócio de meu avô?

– Isso mesmo.

– Clemente lhe propôs uma sociedade em que ele, seu avô, entraria com todo o seu conhecimento no negócio, com seu trabalho, e Miguel entraria somente com o imóvel, e ainda lucraria metade das vendas que, obviamente, seria mais do que o aluguel que recebia.

– Meu Deus! – exclama mentalmente Nestor. – Onde será que vai acabar toda essa história? Não sabia disso.

E Eduardo pensa a mesma coisa, enquanto Odécio continua a narrativa.

– E ainda fez mais.

– O que ele fez?

– Convenceu Miguel a ampliar o prédio.

– Ampliar o prédio? Como, se esse Miguel vivia miseravelmente?

– Ele vivia assim por pura preguiça, pois tinha mais um grande terreno no outro lado da cidade e nada fazia para explorá-lo.

– E então? – pergunta o moço, mas já imaginando o que o avô devia ter feito com o pobre do homem.

– Pois ele convenceu Miguel a fazer um empréstimo num banco para construir um barracão e, ainda, comprar mais mercadorias.

– Meu Deus! O senhor nem precisa me dizer que meu avô sugeriu que o empréstimo tivesse como garantia esse outro terreno, por certo de maior valor que a dívida, o que tornaria possível e lucrativa a transação para o banco.

– Há, há! Estou vendo que você é tão inteligente quanto seu avô e seu pai.

Eduardo apenas se limita a fazer um olhar de quem não acredita em tudo aquilo que está ouvindo e deixa o homem continuar.

– E ainda fez mais, Eduardo! Seu avô era uma verdadeira raposa! É de se admirar tanta inteligência!

Nestor continua ouvindo aquilo tudo e fica a pensar se ele também não teria sido capaz de fazer algo assim, se lhe tivesse surgido a oportunidade. Mas, pensa, convicto: – Não, já fiz negócios um pouco escusos, mas roubar assim, como já estou imaginando, não. Não seria capaz.

– Ainda fez mais...?

– Fez e muito bem feito.

– E o que foi que ele fez de tão bem feito?

– O que ele fez, não sei até hoje. O que sei é que foi uma confusão que, pelo que seu avô me disse, foi fruto de um planejamento muito bem estudado e premeditado pela sua inteligência.

Nesse momento, Alencar interrompe a fala do pai:

— Pai, por favor, poupe o rapaz do fim dessa história.

— Por que, filho?

— O senhor sabe muito bem que eu, apesar de toda a minha astúcia para os negócios, não aprovo de maneira nenhuma o que Clemente fez.

— Pois lá vem você com essa conversa novamente. Eu também não teria coragem, nem inteligência para isso, mas Clemente teve.

— E o senhor o admira por isso...

— Admiro apenas a sua inteligência, apesar de também não ser capaz. Com toda a sinceridade, e já lhe disse isso, eu não teria coragem também.

— O que será que meu pai fez de tão hediondo assim, pelo que me parece? — pergunta-se Nestor, angustiado. — Tomara que ele não continue a contar para o Eduardo.

— Você quer ouvir o final, Eduardo? — pergunta Alencar.

— Minha avó sabia?

— Não. Nunca soube, nem tampouco seu pai e seus tios.

Eduardo pensa um pouco e resolve:

— Pode contar, seu Odécio. Agora que já chegou até aqui, preciso saber ou vou ficar tentando imaginar. Só lhe peço que interrompa a sua narrativa se minha irmã aparecer.

— Pois bem – diz o velho, satisfeito –, como estava dizendo, nem eu soube como ele o fez. O que sei é que seu avô preparou uma armadilha tão bem feita para Miguel que, após a construção do barracão e da compra das mercadorias com o dinheiro levantado no banco, e vencida a carência para começar a pagar as prestações, lhe tiraram o terreno, pois não tinham dinheiro para pagá-las.

— Mas ele era sócio de meu avô.

— Não era.

— Não?!

— Não, porque Clemente deve ter forjado um contrato falso, ou sei lá que tipo de falcatrua ele fez, que nem isso Miguel era, apesar de o terreno e a construção estarem em nome de seu avô.

— Meu Deus! Não posso acreditar – pensa Nestor, e Eduardo fala, com essas mesmas palavras.

— Não posso acreditar! E Miguel?

— Não fale, pai – pede-lhe Alencar. – Vamos

embora. Realmente, o senhor está precisando de um médico.

– Médico, eu? Quem precisava de um médico era o Clemente.

– Desculpe meu pai, Eduardo. Não devia tê-lo trazido e, por favor, não acredite nessa história.

– O que deu em você, filho? Está me chamando de louco?! Se me deixou contar toda a história, agora quer convencer o rapaz de que inventei tudo.

Alencar se arrependera, de verdade, pois não lhe passara pela mente que Eduardo iria ficar tão chocado, o que pôde perceber facilmente.

– Vamos, pai.

– Vamos – concorda Odécio, com um insano sorriso de satisfação nos lábios.

– Esse homem está louco! – reflete Eduardo, achando que qualquer pessoa não lhe contaria uma coisa dessas, apesar de ter certeza de que foi por força da idade do homem e que o filho dele, Alencar, não deveria tê-lo permitido. – Mas não pode ter inventado uma história dessas. Realmente, ele falou a verdade.

E num incontrolável impulso, pergunta já na saída dos dois:

– E Miguel? Pode falar, seu Odécio.

– Ele se suicidou.

– Pai?! – exclama, Alencar, indignado.

– Vamos embora.

– Meu pai?! – pergunta-se Nestor, imensamente chocado com aquilo tudo – Pobre Eduardo... uma criança, ainda...

Nesse instante a porta se abre dando passagem a Marcela.

– Aconteceu alguma coisa, Eduardo? Cruzei com aqueles homens e o velho estava bravo com o filho e discutiam.

– Nada que nos possa preocupar. Estavam conversando e o velho se desentendeu com o filho. Penso que ele não está muito bom da cabeça. Para falar a verdade, nem entendi o porquê da discussão. E foram embora. Ainda bem.

– Dois homens estranhos, Eduardo..."

No Plano Espiritual (4)

CAPÍTULO 13

Nota do autor: este capítulo, impresso **em *itálico*,** narra acontecimentos **ocorridos no hospital,** durante o sono, no fenômeno da emancipação da alma, **dos quais Nestor não se recorda.**

NAQUELA NOITE, NESTOR SE VÊ NOVAMENte diante da mãe e de mais dois Espíritos, de nomes Carlos e Diogo, no mesmo quarto daquele hospital em que já fizera diversas sessões de tratamento fisioterápico e já consegue caminhar utilizando-se de um par de muletas. No corpo físico, ainda não consegue se mexer, pois a interação para uma melhora entre o corpo espiritual ou perispírito, com o corpo carnal, é um pouco mais lenta.

Ao ver a mãe, a abraça. Gostaria de lhe contar sobre o que ficara sabendo sobre seu pai, mas não quer lhe fazer essa revelação, que imagina a fará sofrer muito.

Mas é ela quem toca no assunto:

— Sei que ficou sabendo sobre seu pai, não é, filho?

— Sim, mãe, e fiquei muito chocado com aquela história. É verdade, mesmo?

— É verdade, sim.

— A senhora já sabia?

— Quando encarnada, não. Somente fiquei sabendo quando tive a oportunidade e o merecimento de saber de seu paradeiro aqui neste plano espiritual.

— E como ele está, mamãe? A senhora me disse, da outra vez, que ele precisava de auxílio e que a senhora contava com minha ajuda.

— Não está nada bem e penso que preciso de você para ajudá-lo.

— O que se passa com ele?

— Quando desencarnou, entrou em desequilíbrio porque, tão apegado se encontrava às coisas materiais, principalmente às lojas, que passou uma boa parte do tempo ainda ligado a elas.

— Sim...

— Como já lhe expliquei, quando esse tipo de apego ocorre ou, mesmo, com um apego a alguma pes-

soa ou pessoas, o Espírito fica como que se estivesse vivendo um pesadelo. Pouco percebe a respeito do lhe está acontecendo, vivendo em torno do que se lhe tornou uma obcecação, sem passar pela mente que já se encontra desencarnado. Muitas vezes, chega a trazer um grande mal-estar às pessoas, devido à sua presença carregada de vibrações negativas. E seu pai permaneceu um bom tempo percorrendo "suas" lojas, num grande sofrimento, porque queria resolver todas as questões inerentes aos negócios sem o conseguir, haja vista que ninguém lhe dava a atenção desejada, mesmo porque, simplesmente, não sabiam de sua presença.

— Compreendo.

— *Na verdade, apesar de sua ostentação com o que possuía, sentia um grande remorso pela morte de Miguel. E com essa consciência pesada, acabou atraindo-o à sua presença.*

— Atraiu Miguel?

— *Isso mesmo. Miguel, desde que se suicidou, após longos anos num vale de muitos sofrimentos, que denominamos de "vale dos suicidas"...*

— Um local para onde vão os suicidas?

— Sim.

— *Um instante só, mãe. Todos os suicidas vão para esse vale como castigo?*

– Já lhe disse, filho, que não existem castigos. O que existe são as consequências de nossos atos e que nos valerão como aprendizado.

– Sei, mas todos os suicidas vão para esse vale?

– Nem todos, filho, porque alguns viveram acontecimentos que lhes servem de atenuantes. Na justiça e na misericórdia de Deus, existem muitas situações que levam Seus filhos para esta ou aquela situação, de maneira diferente umas das outras. Umas com fatos a aumentarem a culpabilidade do Espírito e, outras, a diminuírem essa culpa.

– Mas a senhora estava falando sobre Miguel que, após passar longos anos nesse vale...

– E tendo sabido que seu pai desencarnara havia algum tempo, conseguiu se retirar desse vale e foi ao seu encontro.

– Mas por que não fugiu antes desse lugar?

– Porque somente conseguiu lograr êxito quando soube da desencarnação de Clemente e, mesmo assim, somente a partir do momento em que seu pai conseguiu se libertar do extremado apego às lojas; daí, por causa de sua consciência pesada e comprometida, fez com que seus pensamentos se cruzassem e Miguel o localizasse.

– E o que fez Miguel quando encontrou papai?

– Não o abandonou mais, acusando-o sempre de assassino e ladrão.

– Ladrão eu até entendo, mas assassino? Ele não matou Miguel.

– Por conta própria ou com as próprias mãos, não, mas o levou a cometer um suicídio, o que acaba sendo a mesma coisa. Não se esqueça de que um mandante de um crime é tão ou mais culpado que o próprio assassino contratado. E, muitas vezes, não há necessidade de se mandar alguém cometer um crime contra outrem, basta que se leve uma pessoa a uma situação de tão grande desespero, que ela mesma acabe por cometê-lo contra si própria.

– É... A senhora tem razão. Mas que culpa Miguel teve nesse caso? Penso que foi o desespero que o levou a isso.

– Débitos do passado, filho. Até cheguei a ter acesso sobre o passado dele, passado, provavelmente, de alguma outra encarnação.

– Mas se foi para um resgate dele, isso teria que acontecer. E papai somente foi o executante desse desespero.

– Sabe, filho, há uma coisa que preciso lhe explicar. Não pensava em ter que fazê-lo neste momento, mas como tocou nesse assunto, vou lhe dar uma pequena visão sobre o resgate compulsório, desses que ocorrem com uma pessoa ou com várias, como, por exemplo o de um resgate coletivo, no qual uma tragédia leva muitas criaturas a perderem a vida corpórea juntas.

– Como num desastre aéreo, rodoviário, ou num terremoto?

– Isso mesmo, mas vou lhe explicar de uma maneira mais simples, primeiro. Imagine que alguém nos causou um grande mal, um grande sofrimento. Deus espera que, primeiramente, nós o consideremos como a um irmão que necessita de ajuda porque com esse ato, adquiriu para si, uma enorme dívida e que terá que, um dia, responder por ela.

– E que culpa temos, mãe?

– Temos que entender da seguinte maneira: esse alguém que nos feriu, fatalmente, um dia viria a cometer esse delito, porque por força de suas próprias ações, elas acabariam levando-o a isso. Se sabemos que nada na vida nos acontece por acaso, a não ser que o provoquemos, a vida, nas suas sábias engrenagens de causa e efeito, pode nos colocar em seu caminho, no exato momento desse mal e que a esse mal fomos atraídos por essas leis de ação e reação. Na verdade, uma reação hoje, motivada por uma nossa ação do passado. Está me acompanhando?

— Estou, mãe. Pode continuar.

— E esse sofrimento seria algo natural em nossa caminhada, a não ser que nós mesmos o tivéssemos provocado.

— Pelo que posso deduzir, a senhora está querendo dizer que papai, fatalmente, um dia, iria cometer um delito desse e que Miguel, pela ação das forças de causa e efeito e, por débitos do passado, acabou sendo atraído para esse fato?

— Você entendeu bem.

— E no caso dos resgates coletivos? Um acidente, por exemplo?

— Por forças que nós estamos ainda longe de entender, mas que, pela confiança na sabedoria e bondade de Deus, sabemos ser assim que agem, pessoas envolvidas num resgate coletivo são atraídas para esse acontecimento. E nada ocorre por acaso, pois Deus é soberanamente justo e bom.

— E o que está acontecendo?

— Seu pai se encontra preso a Miguel, como se um só corpo fossem. Miguel, num estado dementado, quer fazer Clemente se suicidar também, como se ele ainda estivesse vivo.

— E papai?

– Ele sofre atrozes padecimentos porque Miguel, tão junto a ele, lhe suga as energias, com perspectivas de que Clemente acabe se transformando num ser disforme e sem vontade, tamanho o abatimento que sente.

– Meu Deus! E não se pode fazer nada?

– A única maneira seria convencer seu pai a pedir clemência a Miguel, mas não o faz, porque não quer admitir que o levou ao suicídio, apesar de sua pesada consciência. Por sua vez, Miguel não o perdoa, principalmente porque sabe que ele conseguiu se enriquecer e à sua família, enquanto que seu único neto, filho de sua filha e do genro, já desencarnados, passa muita necessidade, vivendo como um morador de rua.

– E a filha dele, mamãe?

– Desconheço seu paradeiro e o de seu marido.

– E no que eu poderia ajudar?

– Talvez falando com seu pai. Quem sabe?

– Pouco contato tive com ele, mamãe.

– Mas é seu filho e herdou o que ele considera seus bens, ainda.

– Posso tentar, mas como faria isso?

– Podemos localizá-lo rapidamente, com a ajuda de nossos irmãos de ideal, Carlos e Diogo, mais três voluntários que estão nos esperando junto aos dois.

— Como poderei acompanhá-los rapidamente, se nem consigo andar direito com essas muletas?

— Como lhe disse, Carlos e Diogo nos levarão de uma maneira bem rápida.

— Estou disposto, mamãe. O que devo fazer?

— Cerre seus olhos e procure manter bons pensamentos e não tenha nenhum medo. Imagine que vai fazer um bem enorme ao seu pai, que há muitos anos está sofrendo.

Nestor, então, cerra os olhos e fica a imaginar a figura do pai e soma a esse pensamento, aquele sugerido por Célio, o da imagem de Jesus.

E, em poucos segundos, após o que denominou de uma viagem no vento, ouve a mãe dizer:

— Filho, pode abrir os olhos agora, e não se impressione com nada.

Nestor abre os olhos e não acredita no que vê: um despenhadeiro escuro como se noite fosse, com tênue luminosidade pardacenta, vinda de alguma Lua, só que muito fraca na reflexão da luz. O cheiro também não é nada agradável. Caminham, então, mais alguns passos e veem três Espíritos com alguma luminosidade ao redor do corpo, como que montando guarda a uma pequena fenda na rocha, do que parece ser um dos paredões daquele profundo desfiladeiro. A distância entre a entrada dessa fenda e a beira do precipício não mede mais de um metro e meio e Nestor, sem experiência, teme acabar caindo.

– Nada tema, filho. Confiança em Deus e Jesus.

– Está bem, mãe.

Então, um dos três Espíritos entra na fenda e a ilumina com uma tocha de forma e material estranhos.

– Entre lá, filho, e não tenha medo.

Nestor acompanha o Espírito e vê triste cena. Seu pai, quase irreconhecível, sentado e recostado numa das paredes da fenda e um outro homem, que só poderia ser Miguel, abraçado a ele, como se estivesse interpenetrando-lhe o corpo.

– O que você quer aqui?! – grita Miguel ao vê-lo.

Nesse momento, Nestor, inspirado pelos pensamentos de sua mãe e com a ajuda de Carlos, fala, como que mediunicamente:

– Vim para ajudá– lo, Miguel.

– Como me conhece? Quem é você?

– Sou filho de Clemente.

— Maldito! Maldito seja você, filho deste demônio em forma humana! Vou fazê-lo se matar também.

— Por que não perdoa meu pai, Miguel?

— Perdoá-lo?! Nunca!!!

— O que pensa que irá ganhar com isso?

— Vingança!!! Você sabe o que ele me fez?! Roubou-me tudo o que eu tinha e a minha vida!!!

Inspirado, Nestor continua:

— Meu pai cometeu gravíssimo erro. Eu o reconheço. Por isso quero ajudar você, Miguel.

— Ajudar-me como?! Porventura vai me dar a vida novamente?!

— A sua antiga vida, não. Mas pode ter uma nova vida. Tem ideia de quanto tempo está aprisionado assim, ao meu pai?

— Ele é meu prisioneiro!

— Há muitos anos, não?

— Há muitos anos, sim!

— E você junto dele...

— Não o largo! Não o deixarei escapar!

— E nem ele a você – diz Nestor, com enorme calma.

– Como nem ele a mim se sou eu quem o prendo?!

Nestor se abaixa, arranca dois secos gravetos do solo e dá um nó, unindo-os.

– Olhe bem para isto. Sabe o que são?

– São dois gravetos, imbecil! Dois gravetos que você amarrou!

– Sim, e você poderia me dizer qual está amarrado no outro?

– Os dois estão amarrados! Que brincadeira estúpida é essa?!

– Quis apenas representar você e meu pai.

– Não somos dois gravetos! Somos verdugo e vítima! E eu sou o verdugo! Eu o aprisiono.

– Vocês são como estes dois gravetos, aprisionados um ao outro. Você o aprisiona e ele o aprisiona também.

– Ele não pode me aprisionar porque não pode se libertar de mim! Mas eu posso libertá-lo! No momento em que eu quiser!

– Não acredito.

– Você quer que eu lhe mostre que posso libertá-lo para que ele escape de mim!

— Meu pai não tem forças para dar um passo.

— Sei disso!

— Então, por que não me mostra sua força? Eu lhe afirmo que você está aprisionado a ele.

Nesse instante, Miguel não consegue resistir à tentação de saber se o que Nestor diz é verdade e tenta afrouxar um pouco um dos braços.

— Que bruxaria é essa?!

— Bruxaria?!

Miguel faz mais uma tentativa, sem lograr êxito. Encontra-se completamente preso a Clemente e tenta disfarçar.

— Eu me liberto dele a hora que quiser!

— Já está começando a melhorar, Miguel. Agora você não está falando mais que o pode libertar a hora que quiser. Já está falando em se libertar a hora que quiser.

— Não me confunda! Eu não quis dizer isso!

— Mas foi o que disse. E, então, não vai me mostrar que, realmente, não se encontra aprisionado a ele?

— Suma daqui, maldito!

— Posso ajudá-lo a se libertar, Miguel. Não acredito que pretenda passar toda a eternidade, aprisiona-do a meu pai.

— Eu posso me libertar!!! — berra Miguel, deses-perado e tentando soltar-se das amarras corporais que ele próprio se impôs.

— Miguel, se acalme. Não estamos aqui para hu-milhá-lo, nem para nos divertirmos com a sua situação. Estamos aqui, única e exclusivamente, para auxiliá-lo. Sinto muito o que meu pai fez a você e quero ajudá-lo. Não com a força, mas com o amor.

Nestor não consegue compreender como está con-seguindo falar tudo o que já disse e com tanto amor no coração. É quando percebe que somente pode ser atra-vés de inspiração de sua mãe ou de Carlos.

Mesmo assim, Miguel ainda tenta se soltar e, de repente, baixa a cabeça e confessa:

— Estou cansado, muito cansado.

— O ódio cansa, Miguel. Eu posso compreender perfeitamente a sua revolta, até esse seu ódio, mas Jesus nos ensinou a perdoar a todo aquele que nos fere, por-que aquele que o faz é mais necessitado que nós.

— Eu confiei nele e ele me traiu, roubou-me.

— Sei disso, Miguel, mas pode crer que Deus não é injusto com seus filhos. Deus, nosso pai e criador, somente deseja o nosso bem, mas às vezes, temos que passar por dificuldades para que possamos aprender o reto caminho da felicidade. Com certeza, passou por tudo o que passou, por força de erros cometidos por você mesmo, no passado.

— Você está falando em reencarnações?

— Sim

— Já me falaram a esse respeito. Sua mãe me falou por diversas vezes nisso, até me mostrando onde foi que eu errei. Alguns Espíritos me mostraram, dentro de minha cabeça, de minhas lembranças, que eu nunca soube possuir, tudo o que fiz de errado.

— E, então, Miguel? Por que insiste nessa vingança que, pelo que está percebendo, somente o aprisiona?

— Quero sair daqui. Quero libertar-me desse verme! Como faço?

— Para tanto, Miguel, terá que compreender que somos todos irmãos e que Deus deseja que nos ajudemos uns aos outros, porque Ele ama incondicionalmente a todos os seus filhos. Perdoe, Miguel, para que seja perdoado também.

— Perdoado por quem?

— Por você mesmo.

— Por mim mesmo?

– *Por você mesmo. Até pelo fato de ter desistido dessa vingança. Perdoe-se e comece uma nova vida.*

– *Outra encarnação?*

– *Não sei, Miguel. O momento agora é de ajuda urgente. Se perdoar meu pai, se libertará e será levado a um local onde será tratado com bastante carinho e amor e aprenderá muitas coisas com as quais se fortalecerá e compreenderá que a melhor decisão foi esta do perdão.*

– *Pois eu o perdoo, Clemente. Não quero mais viver esta vida. Tome o seu caminho.*

Nesse instante, como que num passe de mágica, Miguel se solta de Clemente que, por sua vez, parecendo indiferente a tudo até aquele momento, olha para o filho e lhe diz, antes de perder os sentidos:

– *Deus lhe pague, meu filho querido. E me perdoem.*

Espíritos encarregados do transporte depositam os dois infelizes em macas e os carregam rapidamente para longe daquele local.

Nestor sai da fenda e é abraçado pela mãe.

– *Você conseguiu, filho.*

– *Não fui eu, mãe. Tudo o que disse me surgiu à mente e aos lábios.*

– Sei disso. Você serviu de médium.

– Mas por que a senhora disse que precisava de meu auxílio? A senhora não poderia ter feito o que eu fiz?

– Sabe, filho, até para Miguel conseguir se desligar de seu pai, era necessário que ele, Clemente, oferecesse a sua disposição para tanto e eu tinha certeza de que sua presença diante dele em muito o auxiliaria. A força do amor entre pais e filhos é muito maior.

– E agora, mãe, o que faço? Agora que sei que Miguel teria um neto que vive nas ruas.

– Não sei, filho, mas tenho certeza de que os bons Espíritos o haverão de inspirar quanto a isso.

– Vamos voltar?

– Vamos, sim, e vamos usar o mesmo método.

– Tudo bem.

Visita ao escritório

CAPÍTULO 14

— Nestor — chama Berenice, entrando no quarto –, Jaime chegou para buscá-lo. Disse que você telefonou pedindo para que ele o levasse até o escritório.

— Pedi, sim. Você não quer ir conosco?

— Ir com você ao escritório?

— Sim, por que não?

— Se bem me lembro, estive pouquíssimas vezes lá.

— Aí está um bom motivo para ir.

— Hoje, não, Nestor. Estou esperando Marlene chegar para irmos fazer umas compras. Algumas roupas, pouca coisa. É que emagreci um pouco.

– No *shopping center* ?

– Isso mesmo.

– Com Marlene?

– Sim, ela virá me apanhar dentro de meia hora e vamos almoçar lá. Por que me pergunta?

– Por nada – responde Nestor, meio atrapalhado.

– Outro dia eu o acompanho.

– Tudo bem, Berê. Um outro dia.

– Mas o que pretende fazer no escritório? Não vai me dizer que já está querendo começar a trabalhar. O doutor disse que precisa descansar por uns tempos.

– E vou seguir os conselhos dele. Somente gostaria de aparecer por lá para mostrar que estou vivo. E gostaria de sair um pouco. Sinto-me bem. Jaime, logicamente, irá me levar em seu carro, e também irá me levar para almoçar naquele restaurante especializado em peixes e frutos do mar.

– E você vai ao escritório assim, de calças *jeans,* camiseta e tênis?

— Vou, afinal de contas, estou em férias.

— Eu não acredito...

— E de bengala.

— Então, venha. Jaime o está aguardando na sala.

E Nestor, gentilmente, aguarda a esposa sair pela porta do quarto, para segui-la. Nunca havia sido gentil.

— Bom dia, Jaime.

— Bom dia, Nestor. Como se sente?

— Muito bem disposto e lhe agradeço por ter vindo me buscar. Estou com muita vontade de ver o mundo lá fora.

— Isso é muito bom. Então, vamos, mas antes, terá que me prometer que não irá sentar-se à sua mesa de trabalho e começar a examinar os relatórios.

— Não, não. Você, Luiz Henrique e Péricles me disseram que podem cuidar de tudo.

— Podemos, sim, Nestor. Pode ficar tranquilo. A propósito, já demos a boa notícia ao Weber e ao Sílvio. No princípio, não estavam acreditando, mas, depois, nos pediram que lhe enviasse um sincero abraço e os desejos de pronto restabelecimento.

Nestor se limita a menear a cabeça, demonstrando inacreditável posição de humildade.

– Vamos, então, Jaime, e podem ficar tranquilos que desejo ficar uns três meses em férias.

– E você bem merece, meu irmão. Há muitos anos não tem um só dia de descanso. Eu, Luiz Henrique, Eneida e Péricles não dispensamos um descanso remunerado – brinca. – E você tem que entrar para o nosso time. Vamos, então.

– Até mais tarde, Berê – despede-se Nestor. – E bom passeio.

– Um bom passeio para você, também – responde a mulher, sorrindo.

No caminho, Jaime pergunta ao irmão algo que tanto deseja saber.

– Nestor, diga-me uma coisa.

– Pois não.

– O que aconteceu com você? Está tão mudado...

– Como assim? – pergunta Nestor, mais para ouvir o que o irmão tem a lhe dizer, porque sabe que mudou muito.

– Você está diferente, Nestor. Você era um

cara ranzinza, grosseiro, chato! Desculpe-me falar assim.

— Pode falar o que quiser, Jaime. E as pessoas me detestavam, não?

— E como detestavam!

— E vocês, meus irmãos, tão diferentes de mim...

— Você é que era diferente de nós, Nestor.

— Tem razão.

— Penso que aconteceu algo de muito sério com você. Para melhor, é claro. Até quis ajudar, e ajudou o Weber e o Sílvio. Você nunca faria uma coisa dessas. Sabe que sinto um certo medo?

— Medo, Jaime? De quê?

— Que você volte a ser como era. Será que é porque se viu, de repente, de frente com a morte?

— Não sei, Jaime. Não sei. O que lhe posso afirmar, é que me sinto bem melhor agora.

— E o coma? Como é?

Nesse momento, Nestor prefere não revelar ao irmão que, durante o coma, ouvia o que as pessoas diziam. Talvez, um dia, venha a lhe contar, mas pensa ser muito cedo.

– Não sei lhe dizer, Jaime. Mas sinto que tive muitos sonhos, que não consigo me lembrar. Acredito, até, que foram esses sonhos que modificaram a minha maneira de ver as pessoas. Um pouco diferente de como as via.

– Você era muito ganancioso e egoísta.

Nestor não se incomoda nem um pouco com o que o irmão lhe fala, porque sabe que é verdade e seus irmãos sempre foram muito sinceros com ele, numa sinceridade sadia e fraterna, com o intuito de ajudá-lo.

– É verdade e vocês aguentaram tudo, não, Jaime? Aguentaram e foram consertando os meus estragos. E hoje eu agradeço muito, por tudo o que fizeram por mim.

– Também não é tanto assim, Nestor. Você era um chato, mas, também, deixávamos você com a sua fome de ganhar cada vez mais porque nós também lucrávamos com isso. Por diversas vezes, fechamos nossos olhos, deliberadamente.

Nestor se limita a sorrir. Sempre amou muito seus irmãos.

– Mas você estava me falando dos sonhos. Não consegue se lembrar de nada?

— Às vezes, parece que vou me lembrar de algo, porque espocam *flashes* em minha mente com alguma imagem, mas não consigo reter essas imagens e nem o que significam.

— Não se recorda de nada?

— Já tive a impressão de vislumbrar um outro hospital. E digo outro hospital porque, a partir do momento em que comecei a melhorar e abri os olhos, pude ver o quarto em que me encontrava, que era bem diferente.

— E que mais? – pergunta, curioso, o irmão.

— Pareceu-me lembrar também, de um grande jardim, de mamãe, de papai.

— Mamãe e papai já estão falecidos há anos. Será que você os encontrou?

— Talvez. Hoje penso com muita convicção que a vida não termina com a morte e que poderemos nos encontrar um dia. Deus não nos criaria para nos aniquilar depois, não é?

— Você me surpreende falando sobre isso. Onde aprendeu, Nestor?

— Surgiu-me na mente estes dias – mente, pois não iria revelar que ouvira a conversa de Cida e Marlene no quarto do hospital, apesar de que sente que não foi a conversa das cunhadas que o convenceu sobre isso.

Mais alguns minutos e chegam ao escritório central, que ocupa quatro andares sobre a principal loja da rede. Jaime estaciona no subsolo e sobem até o último andar onde se encontram as salas de Nestor, Jaime, Luiz Henrique e Péricles.

Assim que saem do elevador, qual não é o espanto de cerca de nove funcionários num grande salão onde, em diversas mesas, cuidam de parte do controle e das contas da loja, na verdade, centralizando e administrando as providências que mais sessenta empregados realizam nos três andares, abaixo daquele.

E a surpresa é muito grande, porque Jaime fez questão de não alertá-los sobre a visita do irmão que, já de início, os impactou pelos trajes esportivos que envergava, acostumados que eram em vê-lo impecavelmente vestido com bem cortado terno.

– Bom dia a todos.

– Bom dia, senhor Nestor – responderam, a seu turno, os boquiabertos ocupantes daquela sala, surpresos, mas muito cuidadosos e temerosos. Enorme tranquilidade reinara nos mais de trinta dias em que Nestor ali não pusera os pés.

E de boquiabertos passaram a ter o que se conhece pela expressão "queixo caído" ao verem o homem ir de mesa em mesa, apoiando-se na bengala, cumprimentar um por um, oferecendo a mão ao cumprimento.

— Seu Nestor! — brada agradável voz feminina.

E Nestor, antes mesmo de virar-se, responde:

— Bom dia, Vera Lúcia.

A moça há já alguns bons anos é sua secretária particular, cuidando de tudo.

— Como vai você? — pergunta o patrão a ela.

— Tudo bem, seu Nestor, e pelo que posso verificar, o senhor está muito bem.

— Estou em férias, Vera.

— E fisicamente?

— Estou me recuperando.

— Fico muito feliz, seu Nestor. O senhor veio para trabalhar? Não acredito que falou sério quando disse estar em férias.

— Não vim trabalhar. Como lhe disse, estou em férias.

— Verdade?

206

– Sim, Vera. Por uns três meses vão continuar livres de mim. Mas, voltarei – responde, com largo sorriso nos lábios, sorriso que sua secretária nunca tivera a oportunidade de ver.

– Está a passeio?

– Isso mesmo: a passeio. Mas quero ir até minha sala, pois quero apanhar uma chave que deixei em minha gaveta.

– Chave? – pergunta Jaime.

– Sim. A chave do meu arquivo para que você se inteire de meus projetos futuros. Gostaria que, juntamente com Luiz Henrique, Eneida e Péricles decidissem o que fazer com eles. Há alguns que considero bons, mas a maioria, confesso que preferiria que jogassem no lixo.

– No lixo?

– Sim, no lixo. São ideias que, hoje, não tenho mais interesse, pois não são lá muito leais e, até mesmo, legais, do ponto de vista jurídico. Vocês saberão identificá-los.

– Mas não gostaria de deixar para quando retornar ao trabalho?

– Não, Jaime, e acredite: não penso mais daquela maneira como os projetei.

– Está bem, Nestor. Iremos analisá-los e, antes de qualquer decisão, falaremos com você.

– Se prefere assim, tudo bem.

E entram na sala de Nestor, que apanha a chave e a entrega ao irmão.

– Dona Vera – chama uma funcionária, à porta –, oh, me desculpem, não sabia que estavam em reunião.

Ela havia entrado por uma outra porta, pois viera pela escada.

– Pode entrar, moça – convida Nestor – Como é o seu nome?

– Josiane, senhor.

Meio sem jeito e, até mesmo, assustada com a presença do patrão, timidamente pergunta:

– O senhor está bem? Quer dizer... por causa do acidente...

– Estou muito bem, Josiane. Pode entrar e falar com Vera.

– Não há pressa, seu Nestor, depois eu falo.

E Vera, imaginando qual seria o assunto que a moça queria lhe falar, pois a incumbira de cuidar de um problema com um funcionário da loja do andar térreo, lhe pede:

— Pode falar, Jô. É sobre aquele funcionário que danificou o televisor mais caro que temos à venda?

Vera faz questão de levantar aquele assunto, porque gostaria de ver qual seria a reação de Nestor, diante do prejuízo.

— Sim, mas...

— Pois fale, Jô.

— Bem, fui verificar o que aconteceu e apurei que Reginaldo ligou o aparelho numa voltagem alta demais e ocorreu um curto circuito. O pobre do Reginaldo assustou-se e deixou que o aparelho caísse no chão. E não há a menor possibilidade de conserto.

— E ele? O que disse?

— Ele está muito nervoso e preocupado, porque se trata de um televisor caro e ele terá que fazer um empréstimo bancário para cobrir o prejuízo.

Nestor, que ouvira calado, interrompe a conversa, perguntando:

— Esse Reginaldo é empregado novo aqui na empresa?

— Não, senhor.

— Há quantos anos ele trabalha conosco?

— Creio que há mais de dez anos.

— E em que setores?

— Sempre trabalhou no de eletrônicos.

— Já houve acidentes dessa natureza com ele, alguma vez?

— Que eu saiba, não – responde Vera, mais antiga que Reginaldo na firma.

— Dez anos sem nos dar nenhum prejuízo?

— Sim, senhor.

— E é um bom vendedor?

— É um ótimo vendedor.

— Quer dizer que há mais de dez anos nos dá lucro?

Vera olha para Jaime, para Josiane, e responde:

— Penso que sim.

— Então, vamos fazer o seguinte: deixe-me ver o preço do televisor.

— Está aqui, seu Nestor – mostra Josiane.

– Hum... é... realmente é um pouco caro para o que ele provavelmente ganha, mesmo com as comissões e as horas extras.

– É bem caro, sim.

– Bem... dez anos de casa, sem nos dar prejuízo algum, só nos dando lucro. Vou fazer um calculo mental.

Os três olham para ele, curiosos.

– Vamos ver: dez anos são cento e vinte meses, mais de três mil dias de serviços prestados...

– Que cálculo doido é esse, Nestor? – pergunta Jaime, já começando a se divertir com aquilo.

– Posso dar o veredito, Jaime?

– Pode dar.

– Ele deve pagar alguma coisa pelo prejuízo.

Josiane se assusta e imagina quão azarado era Reginaldo por ter sido julgado por Nestor.

Vera, por sua vez, sente-se satisfeita, porque vai desmascarar o chefe. Já ficara sabendo de mudanças nele, através de Péricles.

– E quanto, seu Nestor? – pergunta Vera.

– Cobrem-lhe o menor valor de moeda que

exista e lhe digam para que tome mais cuidado com as mercadorias. A propósito, transmitam-lhe meus parabéns por ficar mais de dez anos cuidando de eletrônicos sem danificar nenhum até esta data.

Josiane sente imenso alívio e não acredita no que ouve. Será que Nestor enlouqueceu de vez? Ou será que foi a pancada sofrida na cabeça? – pensa.

Vera também não consegue acreditar no que acaba de presenciar, pois Nestor sempre fora inflexível com prejuízos causados por funcionários.

– E o que mais pretende fazer aqui, Nestor? – pergunta-lhe Jaime. – Não quer dar uma olhada nos resultados destes mais de trinta dias? Eu estava brincando quando disse que esperava que você não se sentasse à sua mesa e examinasse os relatórios.

– Foram bons esses trinta e poucos dias?

– Com exceção de você estar internado, financeiramente os negócios foram muito bons.

– Então, está tudo bem. Gostaria, agora, de dar uma volta pela loja. Mas pode ficar tranquilo, que não quero percorrer todas as lojas, não. Apenas esta que foi onde tudo começou com papai, não é?

– Isso mesmo. Papai começou neste mesmo endereço.

– E era uma lojinha, não, Jaime? Ele começou vendendo ventiladores, liquidificadores e ferros de passar.

– Foi um grande comerciante.

– Vamos descer, então?

– Vamos, sim.

– Um bom dia, Vera. Por mais três meses continuará a serviço dos meus irmãos e de Péricles.

– Vou sentir a sua falta.

Nestor lhe endereça um sorriso enigmático e divertido ao mesmo tempo.

– Estou falando sério, seu Nestor. Gosto do senhor.

– Pois eu acredito, porque trabalhar tantos anos para mim, só gostando muito.

– Ou porque ganha bem – completa Jaime, brincando, mas falando a pura verdade.

– E eu lhe agradeço por tudo, Vera. Ainda vou lhe dar um aumento.

A moça sorri, enquanto os dois se dirigem até o elevador. No caminho, Nestor deseja um bom dia de trabalho a todos.

Uma das funcionárias chega a comentar baixinho para outra:

— Acho que seu Nestor ainda não sarou.

— Pois tomara que não sare. Está ótimo assim. Meu marido não vai acreditar quando eu lhe contar.

O elevador desce e, ao abrir a porta, apesar de todo o movimento da loja, os olhares dos funcionários se voltam para Nestor. Ficaram sabendo que ele se encontrava no prédio e encontravam-se tensos, principalmente Reginaldo que não sabe nada sobre a decisão, pois Josiane ainda não havia descido.

Nestor, então, sai percorrendo a loja e cumprimentando os que não estavam ocupados com algum cliente, estendendo a mão a todos e desejando-lhes um bom dia, sempre sorrindo.

Orlando, gerente daquela loja, vem ao seu encontro. Encontra-se bastante apreensivo com aquela visita, primeiro por ver Nestor com aquelas roupas e também, por não saber o que o trazia ali naquele momento. Além do mais, não o fora visitar no hospital porque não tivera coragem.

— Bom dia, Orlando. Tudo bem com você?

– Tudo bem, seu Nestor, e com o senhor? Me parece bem, fisicamente.

– E estou, sim, física e mentalmente.

Orlando tem a garganta seca e não consegue disfarçar o nervosismo, percebido pelos irmãos.

– "Meu Deus!" – pensa Nestor. – "Como essa gente tem medo de mim! Eu sempre soube disso, mas, agora..."

Orlando ainda se encontra muito preocupado com a inesperada visita e arrisca:

– O senhor veio por causa do televisor que foi danificado?

– Não, Orlando – responde, sorrindo. – Eu nem sabia disso. Fiquei sabendo quando estive em minha sala. Na verdade, estou em férias e por uns três meses.

– Sim...

– Quanto ao televisor, já apliquei uma multa ao Reginaldo.

– Multa? – pergunta-se Orlando, pois nunca havia ouvido falar em multa. Normalmente,o que acontecia, era o funcionário arcar com o prejuízo.

– A propósito, onde está o Reginaldo?

– Deixe-me ver – diz o gerente, olhando para a loja, levantando-se na ponta dos pés. – Ah, lá está ele com a Josiane.

E Orlando faz um sinal para que o funcionário se aproxime.

Reginaldo encaminha-se até eles, cabeça baixa e também preocupado, pois não acredita no que a moça lhe transmitira e acha que deve ter sido uma pilhéria toda aquela conversa sobre a menor moeda. Acha que a bronca vai ser agora.

– Pois não, seu Orlando.

– Seu Nestor quer lhe falar.

– Pois não, senhor. O senhor está melhor?

– Estou muito bem, Reginaldo. Eu só queria saber se a Josiane lhe deu meu recado?

– Sobre a moeda? – pergunta, atrapalhado.

– A moeda foi só uma forma de não ferir as nossas normas. Estou lhe perguntando se ela lhe transmitiu os meus cumprimentos por você trabalhar há mais de dez anos aqui e ser a primeira vez que danifica algo.

– Disse-me, sim.

– Pois reitero os meus cumprimentos, Reginaldo. Parabéns. Você é um bom funcionário. Apesar de mim, não é?

– Obrigado, senhor.

– E também me disseram que é um ótimo vendedor.

– Faço o meu trabalho, senhor. E gosto do que faço.

– Muito obrigado, Reginaldo, por ser assim.

– Eu que lhe agradeço, seu Nestor, pela oportunidade do trabalho.

Nestor fica a olhá-lo por alguns instantes, tempo suficiente para pensar consigo mesmo:

– "Nunca havia reparado nesse moço. Há dez anos trabalhando para mim e não o conhecia, como pouco conheço os meus funcionários mais próximos. E é alguém que, como eu, pensa, ama, e que, diferente de mim, deve fazer muitos sacrifícios na vida, lutando pela sobrevivência. E creio, até, que tenha sido muito mais feliz do que eu. Mas vou aprender. E professores não me faltam."

– Posso voltar ao trabalho? – pergunta Reginaldo.

– Pode, sim – responde Nestor, colocando a

mão direita sobre o ombro do rapaz, num fraternal gesto de carinho.

– Posso ajudá-lo em alguma coisa, seu Nestor? – pergunta Orlando.

– Não, não. Estou só de passagem. Depois de vinte e oito dias num hospital, precisava sair um pouco de casa. Vou indo, agora. Um bom dia para vocês.

– Um bom dia.

– Para onde vamos agora, Nestor? Tenho todo o dia livre para você.

– E se fôssemos ao *shopping* nos encontrarmos com Marlene e Berenice? Poderíamos almoçar com elas – sugere Nestor, num repente.

– Uma boa ideia! Uma boa ideia, mesmo!

No *shopping*

CAPÍTULO 15

No caminho, Nestor fica preocupado, pensando que, talvez, não tivesse sido uma boa ideia irem até o *shopping*. E se Berenice tivesse ido até lá para encontrar-se com Leopoldo, e Marlene só tivesse ido junto para acobertar o encontro?

Apesar de estar sofrendo, desde que ouvira a conversa delas no quarto do hospital, não se vê em condições, pelo menos por enquanto, de intervir. Berenice não o ama mais e isso já é o bastante para ele. Não deseja que ela passe a detestá-lo também. Pensa em dar um pouco de tempo. Quem sabe? Na verdade, gostaria de reconquistá-la, naturalmente.

– Que horas são, Jaime?

— Dez horas e cinquenta minutos. Não se preocupe, pois nós a encontraremos antes do almoço. Já estamos quase chegando.

— Jaime, diga-me uma coisa: você ainda guarda todas aquelas escrituras antigas?

— Guardo, sim. Nem precisava, pois depois de feitas algumas averbações, o que valem são as novas. Mas guardo todas, inclusive aquela do papai, quando comprou a pequena sala e o terreno da primeira loja, você sabe, essa em que nos encontrávamos. Por coincidência, eu a estava vendo estes dias, quando fui procurar um documento no cofre.

— E você se lembra do nome de quem a vendeu para ele?

— Lembro-me, sim: era Miguel, o seu nome.

— Você se lembra do sobrenome?

— Do sobrenome? Eu me lembro, espere um pouco... Era... sim, isso mesmo... Miguel Cratos.

— Miguel Cratos...

— Mas por que quer saber?

— Por nada, não.

Nesse momento, no *shopping*, Berenice e Marlene se encontram saindo de uma loja de roupas femininas, onde experimentaram algumas peças. Quando chegam do lado de fora, Marlene diz:

— Berenice, me desculpe, mas preciso lhe fazer uma pergunta.

A mulher olha para ela e se adianta:

— Você quer saber se tenho me encontrado com Leopoldo, não? Cida não lhe falou nada?

— Não perguntei nada a ela, Berenice.

— E ela não lhe disse nada, espontaneamente? Cida não consegue guardar segredo de você.

— Por quê? Você anda se encontrando com ele?

— Tenho me encontrado, sim. Por quatro vezes, desde aquele dia. Mas não para o que você possa estar imaginando. Apenas almoçamos juntos.

— Mas e se alguém os visse?!

— Para falar a verdade, não me preocupei muito com isso, sabe?

— E vocês vão continuar a se encontrar?

— Agora que Nestor saiu do hospital, eu pedi a Leopoldo que me desse um tempo para pensar no que vou fazer.

— E ele?

— Pareceu ter entendido, mas ficou muito chateado, um pouco decepcionado e me pediu que almoçasse com ele hoje, para conversarmos.

— Hoje?!

— Sim.

— Aqui no *shopping*?

— Marcamos aqui.

— E eu, Berenice?

— Me desculpe, Marlene... eu não pensei direito... até me encontro nervosa por causa disso... sabe, ando um tanto atrapalhada. Me perdoe ter envolvido você nisto.

— Não... tudo bem. Eu posso almoçar num outro lugar e deixar vocês a sós. Depois nos encontramos.

— Na verdade, preferia que ele não viesse.

— Está com medo?

— Não sei o que pensar. Ando muito confusa com os meus sentimentos.

— Você gosta de Leopoldo?

— Eu pensei que estava começando a gostar e até me preparando para uma separação.

– Isso é verdade, Berenice?

– Verdade, sim. Já não aguentava mais Nestor e até meus filhos já estavam sabendo.

– Sobre Leopoldo?

– Não! Estavam sabendo sobre a minha intenção de separar-me.

– E eles?

– No início, se sentiram muito infelizes e chocados com a ideia, mas foram compreendendo. Quando Nestor estava para vir para casa, me pediram para que eu desse um tempo e aguardasse o restabelecimento da saúde dele.

– Entendo. E agora...

– Como disse, sinto-me muito confusa.

– Com a mudança de Nestor?

Berenice suspira e responde, com lágrimas nos olhos:

– Nestes poucos dias, ele está me surpreendendo. Parece que voltei a um passado, quando Nestor era uma outra pessoa: gentil, atencioso, e me dava segurança.

– Você comentou com Leopoldo sobre essas mudanças em Nestor?

– Não, não lhe falei nada.

– E agora... – insiste Marlene.

– Agora que eu estava, vamos dizer, quase que me interessando um pouco mais por Leopoldo, Nestor retorna, muito melhor até do que foi no passado e confesso que me encontro com o coração dividido.

– E o que decidiria entre os dois...?

– É isso que me angustia, porque não acho que alguém possa ter mudado de comportamento, de pensamento, tão radicalmente.

– Tem medo de que Nestor volte a ser como era, antes do desastre?

– Muito medo.

– E o que gostaria que acontecesse? Que ele continuasse a ser como está ou que voltasse como o Nestor grosseiro e autoritário como sempre foi?

– Por que me faz essa pergunta, Marlene?

– Para descobrir quem seu coração está escolhendo.

Berenice fica em silêncio alguns segundos e começa a chorar.

– Não chore, Berenice ou vai manchar a maquiagem e não ficaria bem encontrar-se com Leopoldo com a marca de quem chorou.

— Você tem razão – diz, enxugando, com muito cuidado, as lágrimas. – Não vou chorar mais.

— E não precisa me responder o que lhe perguntei.

— Eu vou lhe responder, sim. De coração, gostaria muito que Nestor, realmente, tivesse mudado, se transformado.

— Você o ama, Berenice...

— Como é hoje, penso que voltei a sentir por ele mais do sentia quando nos conhecemos. Mas quero ir devagar para não me decepcionar novamente.

— E onde fica Leopoldo nessa história? Como se costuma dizer: na reserva?

— Por isso lhe pedi um tempo. Não quero enganá-lo.

— Você disse a ele o porquê de lhe pedir um tempo?

— Não, apenas lhe disse que tenho que cuidar de meu marido até que ele restabeleça a saúde.

— Entendo... E hoje, o que vai lhe dizer?

– Não sei, Marlene. Me arrependo muito de ter marcado esse encontro.

– Você deve estar sofrendo muito, não, Berenice? Mas pode contar comigo e com Cida.

– Sei disso.

– A que horas Leopoldo vai chegar?

– Meu Deus, deixe-me ver que horas são.

E Berenice consulta o relógio do telefone celular.

– Já são quase onze e quinze e marquei às onze e trinta na área de alimentação.

– Você precisa retocar a maquiagem.

– Vou depressa à toalete.

– Espero você aqui.

– Já volto.

E Berenice se afasta apressadamente até a toalete enquanto Marlene fica a olhar a vitrina de uma joalheria.

Alguns segundos se passam e ela vê, pela imagem espelhada no vidro da vitrina, dois homens atrás de si, bem próximos, e qual não é seu assombro ao reconhecê-los. Trata-se de Jaime e Nestor sorrindo e se divertindo com a sua surpresa. Assustada, volta-se.

– Jaime! Nestor! O que estão fazendo aqui?!

– Assustamos você, meu amor? – pergunta-lhe Jaime.

– Assustaram, sim. Do jeito que os assaltantes estão por toda parte...! – responde, tentando disfarçar o susto que levara.

Nestor olha para os lados como que para ver se avista Berenice e grande temor lhe invade o pensamento.

– Será que Berê está com Leopoldo? – pergunta-se, intimamente.

Mas é Jaime quem pergunta:

– E Berenice? Não veio com você?

– Veio, sim. Ela foi à toalete retocar a maquiagem. Já volta. Mas o que vieram fazer aqui? Berenice me disse que iriam a um restaurante especializado em peixes e frutos do mar.

– Nestor teve a genial ideia de virmos almoçar com vocês.

– Almoçar conosco? – pergunta Marlene, visivelmente embaraçada.

228

– O que foi, querida? Não gostou da ideia?

– Gostei, sim.

Nestor percebe claramente o embaraço da cunhada e começa a ficar preocupado, pois sente que a sua presença não somente não era esperada, como indesejada pela esposa e pensa ter confirmado o que imaginava: Berenice iria se encontrar, ali, com Leopoldo.

– Vou me encontrar com Berenice e lhe dar a boa notícia – diz Marlene, já saindo em direção à toalete.

Nestor se entristece, pois percebe que Marlene, com certeza, fora preveni-la sobre a sua presença e a de Jaime.

– O que faço agora? – pergunta-se, mas incapaz de raciocinar. – Bem, o melhor que posso fazer é aparentar calma e agir naturalmente. Não posso deixar perceberem que estou sabendo de alguma coisa.

Marlene entra rapidamente na toalete e encontra Berenice guardando seus apetrechos de maquiagem na bolsa.

– O que aconteceu, Marlene? Você está pálida.

— Jaime e Nestor estão aqui no *shopping*.

— Aqui no *shopping*?! Onde?!

— Estão nos esperando. Vieram para almoçar conosco.

— Você falou com eles?

— Sim. Me deram um susto! O que vamos fazer?

— Meu Deus! Disseram que iriam comer naquele restaurante que Nestor tanto aprecia...

— Mas não foram. O que faremos? – pergunta Marlene, nervosa.

— Temos que agir com calma, Marlene. Como se nada estivesse acontecendo. Não podemos demonstrar nenhum tipo de nervosismo.

— E Leopoldo?

— Não sei. Tomara que não o encontremos pelo caminho. Vamos rápido, porque se ele nos vir com Jaime e Nestor, certamente não vai se aproximar.

— Bem pensado.

E Marlene e Berenice saem da toalete, caminhando por extenso corredor do *shopping* na direção onde se encontram Nestor e Jaime, defronte da joalheria, e que nesse momento já as veem.

Mas nem tudo ocorre como Berenice desejava. Às vezes, na vida, por questão de segundos, o improvável, aquilo de que a probabilidade é mínima, acaba acontecendo.

Mais alguns passos e surge Leopoldo à frente das duas, sem tempo para qualquer aviso por parte de Marlene ou Berenice.

– Berenice, que bom que você veio! – exclama o homem, aproximando-se para beijá-la no rosto como o fazem os que se conhecem há algum tempo. Mas ela se afasta, evitando o contato, limitando-se a um aperto de mão. E diz, rápido:

– Não olhe para trás! Nestor e Jaime estão ali e olhando para nós!

Leopoldo tem um sobressalto e, sem virar-se, dá a mão para Marlene, cumprimentando-a também. E, ainda de costas para Jaime e Nestor, pergunta:

– Vocês vieram com eles?!

E faz essa pergunta num tom de reprovação.

– Não. Chegaram de improviso – informa Marlene.

Por sua vez, não passa despercebido de Nestor o que acontecera. Deu para notar, claramente, que Leopoldo ia beijar o rosto de Berenice e que ela se afastou, além de deduzir que o avisou, porque viu quando ela falou algo para ele.

– Aquele não é Leopoldo, o corretor de imóveis que mora perto de sua casa? – pergunta Jaime que, apesar de estranhar um pouco a sua intimidade com as duas, conclui que seja pelo fato de ele ter feito vários negócios com Nestor e Berenice – Vamos ao encontro delas.

Nestor se encontra sem ação e não vê outra alternativa a não ser seguir o irmão que, ao convidá-lo, já se põe a caminho em direção aos três.

– Tenho que manter a calma e a naturalidade – pensa. – Não posso dar nenhum sinal de que sei alguma coisa.

Leopoldo, por sua vez, ao voltar-se para os dois, pois Berenice e Marlene começam a andar novamente, não tem como afastar-se, pois Jaime lhe dá um aceno, como cumprimento.

– O que faço? – pensa. – Será que Nestor notou alguma coisa? Será que percebeu que eu me inclinei na direção de Berenice para beijar o seu rosto e que ela se afastou? Tenho que manter a calma, talvez, sorrir.

E é o que faz, fingindo naturalidade.

– Bom dia, Berenice – cumprimenta Jaime, que chega um pouco à frente de Nestor. – Tudo bem, Leopoldo?

– Tudo bem, Jaime – responde e, já, em seguida:

– Você está bem, Nestor?

E Nestor, com o coração batendo descompassado, diante daquela situação, lhe responde:

– Estou melhorando. E você?

– Está tudo bem.

E, timidamente, Nestor se posta ao lado da esposa que, lhe sorrindo e não conseguindo disfarçar muito bem o nervosismo, lhe diz:

– Oi, Nestor. Marlene me disse que vieram almoçar conosco. Não quiseram ir àquele restaurante comer peixes?

– Pois é, achamos melhor vir almoçar com vocês.

– A ideia foi de Nestor – diz Jaime, ao ouvir o que falavam.

Nestor se limita a sorrir, baixando o olhar, um pouco acabrunhado, o que Berenice entende como uma reação de quem, há algum tempo, sabe que ela já não mais o ama. Não imaginava que ele soubesse sobre Leopoldo ou que pretendia lhe pedir o divórcio. Isso nem lhe passava pela mente.

— Bem – diz Jaime –, vamos almoçar? Já estou com fome. Você vem conosco, Leopoldo?

Berenice olha para ele e, disfarçadamente, lhe endereça um sinal negativo, meneando levemente a cabeça, e percebe que ele compreende esse seu pedido, mas, estufando o peito, como quem se considera ciente de suas ações, responde, convicto, olhando firmemente para ela:

— Vou, sim, Jaime. Isto é, se os outros aceitarem a minha presença. Você aceita, Marlene?

— Aceito... – responde, com um olhar fulminante, bem compreendido pelo homem que não se deixa vencer.

— E você, Berenice?

— Sim, por que não? – responde, procurando falar da maneira mais natural possível.

— Nestor?

— É lógico. Será um prazer.

234

– Então, vamos, pois não gosto de ficar na fila e o movimento, neste horário, deve ser pequeno na área de alimentação – diz Jaime.

E os cinco se dirigem ao elevador para irem até o andar superior.

Jaime vai à frente com Marlene e, a seguir, Nestor, Berenice e Leopoldo, que dá um jeito de caminhar ao lado dela. Por sua vez, Nestor não sabe o que fazer, pois Jaime e Marlene estão de mãos dadas. Berenice também nota isso e sente que o marido não vai tomar essa atitude porque há muito tempo não saem juntos, e as poucas vezes em que saíram, ela não permitiu essa intimidade em público, numa demonstração de que, realmente, nada mais sentia por ele.

Mas agora, com essa mudança, ao olhar para ele, parece ver novamente o semblante quase infantil e singelo dos primeiros tempos de namoro e casamento. Nesse mesmo instante, Nestor olha para ela e lhe sorri humildemente, baixando os olhos, como alguém que cometera um grande pecado e que, arrependido, sente-se inferiorizado.

E o coração de Berenice dispara, incontrolavelmente, e seu sentimento de mulher que conheceu o que é amar profundamente um homem, na figura do marido, fala mais alto e, não conseguindo se conter, pega a sua mão, sem olhar para ele, porque ainda não sabe se não estará dando início a um novo sofrimento, ao alimentar uma simples ilusão.

Nestor, por sua vez, sente fortíssima emoção, vindo-lhe à mente, maravilhosas lembranças de um remoto passado. E, simplesmente, deixa-se envolver por esse enlevo, sem coragem também de olhar para a amada esposa. E pensa:

– Por que será que fez isso? Será que, apenas, para manter as aparências? Não, não posso acreditar. Berenice não faria isso. É muito mais sincera do que eu. E Leopoldo? O que estará pensando? O mesmo que eu? Que ela está apenas querendo disfarçar alguma coisa?

– O que será que Nestor estará pensando? – pergunta-se, por sua vez, Berenice – Será que acha que estou fazendo isso, apenas para manter as aparências? E será que estou? E Leopoldo? Estará pensando o mesmo?

Leopoldo, por sua vez, sente o calor do ciúme lhe subir à face, ao mesmo tempo em que o gélido frio da desconfiança lhe percorre as entranhas.

– Por que ela fez isso?! – pensa, com uma ponta de ódio começando a emergir, do coração para o pensamento, pois o coração dispara e perde o ritmo numa fração de segundos – Para disfarçar? Ou será que está acontecendo algo que não sei? Ela me pediu um tempo e Nestor está me parecendo diferente. O Nestor de antigamente, numa hora desta, estaria caminhando sozinho à frente, decidindo o caminho, a velocidade de nossos passos e o restaurante em que deveríamos comer.

E, como que a lhe confirmar o que pensa, Jaime pergunta:

– Então, aonde iremos comer? Você pode escolher, Nestor.

– Não. Vocês escolhem, ou melhor, as mulheres decidem.

– Não, não! – diz Marlene, sem olhar para trás. – Você é quem deve escolher. Afinal de contas, foi você quem voltou à vida e é a primeira vez que sai, depois de trinta dias ou mais, sei lá.

– Eu também acho – diz Berenice. – Nós nos recusamos a fazer essa escolha.

– Então, Leopoldo é quem vai decidir – fala Nestor, polidamente.

– Isso mesmo – concorda Jaime. – Na verdade, é nosso convidado. Como não pensei nisso antes?

E, diante da gentileza de Nestor, agora considerado como um rival, sentimento que se apodera de seus pensamentos, Leopoldo se faz de galanteador, sugerindo:

– Eu prefiro que Berenice decida.

– Por que Berenice e não Marlene? – brinca Jaime, inocentemente, abrindo um delicado espaço de constrangimento na cunhada e de difícil resposta para Leopoldo que, percebendo que fora um pouco longe demais, procura encerrar o assunto, dizendo:

– Está bem, está bem. Não se discute mais. Eu decido.Vamos almoçar naquele restaurante ali que serve comida para todos os gostos, desde os pratos mais sofisticados até a deliciosa comida do fogão a lenha.

– Uma boa decisão – comenta Marlene, também querendo dissipar um difícil clima que poderia trazer alguma desconfiança por parte de Nestor.

E é nesse momento que Marlene, ao olhar para trás, se enternece e sente enorme alegria ao ver Berenice e Nestor, de mãos dadas.

No restaurante

CAPÍTULO 16

CHEGANDO AO RESTAURANTE, PROCURAM um lugar para se sentarem. As mesas estão dispostas ou uma, com quatro cadeiras, na parte central, ou duas mesas juntas com cinco cadeiras, pois um dos extremos encontra-se encostado na parede lateral.

Como Jaime e Marlene chegam primeiro, sentam-se um defronte do outro no extremo contrário ao da parede e Leopoldo, premeditadamente, senta-se num dos extremos da parte que se encontra encostada. Com essa artimanha, deixa livre uma cadeira à sua frente e outra, na cabeceira.

Com isso, pretende fazer com que Berenice e Nestor acabem sentando-se longe um do outro. Na verdade, quer ver o que Berenice irá escolher, pois, ou senta-se na ponta, ou à sua frente. Ou será que ela irá pedir para que ele troque de lugar com Nestor?

Berenice, por sua vez, ao verificar a situação montada ardilosamente por ele, permanece por alguns segundos em dúvida quanto ao que fazer e já se encontra quase que para solicitar a Leopoldo que troque de lugar, quando Nestor, ao ver a esposa constrangida com a situação, senta-se à cabeceira, permitindo que ela se posicione à frente de Leopoldo.

Jaime estranha o fato, mas prefere ficar calado. Marlene percebe tudo e Berenice imagina que Nestor, talvez, ainda tímido para com ela, e diante da sua notada indecisão, tenha resolvido manter-se em seu lugar de marido indesejável. Olha para ele, com enorme pesar no coração e apenas consegue um seu olhar, seguido de um triste sorriso. E o que mais lhe chama a atenção e lhe faz vibrar grande ternura por ele é o fato de esse triste sorriso nada possuir de desaprovação ou de mágoa. Apenas um triste sorriso de quem sabe que não mais é amado pela esposa e que, talvez, esteja sofrendo com isso.

– Nestor está tão mudado! – pensa. – Parece outra pessoa. Alguém por quem, tenho certeza, me apaixonaria rapidamente. Ou será que já estou? E é meu marido! Apaixonar-me por meu próprio marido?

Mas o seu pensamento é cortado por Leopoldo, que lhe pede para sugerir o que comer.

Berenice abre o cardápio, pensa um pouco e, aproveitando que Jaime e Marlene se encontram distraídos, pois iniciaram uma conversa com Nestor, diz em voz baixa a Leopoldo:

— Não foi você quem sugeriu este restaurante? Com estas horríveis mesas de cinco lugares? Olhe a situação em que me colocou.

— Desculpe-me, Berenice.

— E, então, já escolheram o que comer? – pergunta Jaime, diante da aproximação do garçom.

Nestor pede uma refeição bem leve, tendo em vista a sua ainda recuperação, e os demais solicitam os mais variados pratos. Leopoldo pede uma garrafa de vinho, sugerindo que façam um brinde a Nestor. O garçom os serve, menos Nestor que, por causa dos medicamentos, solicita um copo com água.

— Um brinde a Nestor – anuncia Leopoldo, levantando-se –, pelo seu retorno ao mundo dos vivos e que esta nova etapa de sua vida continue plena de bons negócios e muito dinheiro. E um brinde às novas filiais que, com certeza, ainda irá ter a satisfação de inaugurar. Uma nova vida ao incansável batalhador, um exemplo de empresário cuja maior alegria é o trabalho, cuja importância se sobrepõe a tudo e a todos.

Marlene e Berenice percebem, de pronto, que Leopoldo, de forma irônica e proposital, quis lembrar e realçar que Nestor somente pensava nos negócios, no lucro financeiro e em nada mais. E leva o copo até a direção de Berenice para que o toque com o seu. E assim, o tilintar dos copos se faz, sendo que Leopoldo ainda não terminou com a homenagem.

– Agora, gostaria que Nestor nos falasse alguma coisa sobre a satisfação de estar novamente entre nós, e falar sobre os seus novos projetos. Novos projetos, sim, porque empreendedor e inteligente como é, já os deve estar planejando, desde que retomou a consciência, num verdadeiro milagre que nem os médicos sabem explicar com precisão.

Jaime e Marlene percebem o constrangimento que Leopoldo estava causando e, tensos, aguardam a provável reação violenta de Nestor diante daquela situação e também pelo fato de o homem ter-se sentado onde não devia.

Berenice, muito nervosa, sente que, infelizmente, nesse instante, verá o retorno da odiosa índole neurastênica e violenta do marido.

Toda a atenção se encontra voltada para Nestor que, com um olhar sereno, levanta-se. Olha para Leopoldo e lhe faz sinal para que se sente. Em seguida, mira um por um, e diz calmamente:

— Estou muito feliz por me encontrar novamente com vocês e desfrutar a presença de cada um e incluo os que não se encontram presentes e que me são muito caros ao coração: meus filhos Eduardo e Marcela, meus irmãos Luiz Henrique e Eneida, e Cida e Péricles. Realmente, retornei ao mundo dos vivos, como bem disse Leopoldo, não somente por causa do coma, mas, principalmente, pelo fato de sentir uma nova vida, a fluir dentro de mim. Uma nova vida, não só física, como uma nova vida que me descortina um futuro de uma maior compreensão sobre a verdadeira alegria de viver.

— Que palavras bonitas, Nestor! — exclama Leopoldo, intentando interrompê-lo.

— Não sei se são bonitas, Leopoldo. O que sei é que estou dizendo o que sinto. Talvez não venha a encontrar a felicidade que almejo neste novo momento que se abre para mim, pois tenho plena consciência de que venho, há muito tempo, plantando a infelicidade ao meu redor.

– Você está fazendo deste almoço um verdadeiro confessionário – brinca Leopoldo, tentando, mais uma vez, impedir que ele continue, pois já nota forte emoção nos olhos de Berenice.

– Estou apenas sendo sincero e desejo que todos alcancem a felicidade que desejam. Não mais será por minha culpa que as pessoas, envolvidas de alguma forma comigo, serão infelizes.

– E você? – pergunta Leopoldo.

– Eu procurarei ser feliz com a visão da felicidade dos que mais amo.

E após alguns poucos segundos de silêncio, Nestor diz, alegre:

– Mas vamos comer, antes que tudo se esfrie. E, por favor, me desculpem por isso.

E senta-se, erguendo seu copo d'água, e brindando:

– À felicidade de todos.

– A todos nós – proclama Marlene, sendo seguida por todos, nesse desejo.

Berenice se encontra muito emocionada, como percebeu Leopoldo, pois vira muita sinceridade nas palavras do marido. E, com certeza, estava se referindo a eles quando disse que ninguém mais seria infeliz por sua culpa.

E nesse momento começa a se recordar de Nestor permitindo à filha mudar de Faculdade e, depois, quando pediu aos irmãos que recompensassem Weber e Sílvio. Também havia se surpreendido quando ele lhe sugeriu um aumento para as empregadas Marta e Teresa, para que pudessem morar mais perto do emprego e um aumento proporcional para Leontina.

– O que será que está acontecendo com Nestor? – pensa. – Será que o fato de ter passado por um coma, o modificou tanto? Não, não pode ser só por isso. No coma, foi como se ele tivesse dormido e acordado, pelo menos é assim que imagino. Ou será que houve alguma coisa que desconheço?

Olha para ele e, mais uma vez, vê uma pessoa calma, tranquila, absorta com a refeição ou com algum pensamento, pois não toma parte na conversa do irmão com Marlene e Leopoldo. Apenas, entre uma garfada e outra, parece prestar atenção no que dizem. Na verdade, não sabe definir bem o que pode passar pela cabeça dele, pois, ora o vê assim, calmo e tranquilo, ora o define como alguém que sofre calado.

– Não vai comer, Berenice? – pergunta-lhe Marlene que, assim como Leopoldo, já haviam notado a sua atenção voltada para Nestor.

– Oh, sim, estava distraída.

– Nestor está muito quieto – comenta Leopoldo em volume de voz que dá para todos ouvirem.

– Está, mesmo – concorda Jaime. – O que foi, irmão? A comida não está boa?

– Está excelente.

– Então é por isso que ele está tão quieto.

Nestor sorri, concordando com a cabeça.

– Nestor – pede Leopoldo –, não poderia contar para nós o que sentia durante o coma?

– Penso que não precisamos mais tocar nesse assunto, vocês não acham? – fala Berenice.

– Não tem problema – diz Nestor –, posso falar o que quiserem. O que, mais especificamente, quer saber, Leopoldo?

– Ah, gostaria de saber o que sentia.

– Não sentia nada.

– Era como se estivesse dormindo?

– Sim, como se estivesse dormindo.

– Dormiu e acordou?

– Não, porque penso ter sonhado muito.

– E sobre o que sonhava? – pergunta-lhe Marlene.

– Não me lembro exatamente. Às vezes, tenho a impressão de ter sonhado com minha mãe.

– Será que você não se encontrou com ela, Nestor? Pelo que sei, ela já morreu, não?

– Já, sim, e há um bom tempo.

– Com que mais sonhou? – insiste Marlene.

– Não me lembro.

Quando terminam de almoçar, Nestor pede ao irmão que o leve para casa, pois quer descansar um pouco antes da fisioterapia, e Berenice voltaria mais tarde com Marlene. E todos descem pelo mesmo elevador.

Quando chegam no andar térreo, bem defronte da porta do elevador, uma livraria chama a atenção de Nestor que, sem comunicar nada a ninguém, se dirige até ela. Entra, olha para os letreiros que indicam a especialidade das obras nesta ou naquela estante, até que seus olhos encontram o que procura. Vai até a estante e, percorrendo-a rapidamente com o olhar, retira um livro e, após, outro e mais outro. Nem os folheia, já se encaminhando para o caixa a fim de pagá-los.

Berenice, que prestara atenção em seus movimentos, estranha o fato de ele escolher tão rápido os livros.

— Devem ser obras ligadas à administração ou a negócios, pois as escolheu sem folheá-las, como sempre faz – pensa Berenice.

E, não contendo a curiosidade, aproxima-se dele, que aguarda a vez numa fila, onde apenas uma pessoa se encontra à sua frente. Leopoldo faz menção de segui-la, mas Marlene o detém, com uma conversa qualquer, enquanto que Jaime, percebendo a intenção da esposa, colabora para que ele permaneça ali fora.

— Encontrou o que queria?

— Penso que sim – responde.

— Posso vê-los?

E Nestor lhe passa às mãos os três livros, o que faz com que a esposa tenha um sobressalto ao ver os seus títulos: *O Evangelho Segundo o Espiritismo*, *O Livro dos Espíritos*, ambos de Allan Kardec e *E a vida continua...*, em cuja capa consta tratar-se de um livro do Espírito André Luiz, psicografado por Francisco Cândido Xavier. Já ouvira falar sobre a Doutrina Espírita, fazia ideia sobre Allan Kardec e admirava em muito o conhecido médium Chico Xavier, tendo, inclusive, lido alguns romances espíritas. Olha para a última capa do "Evangelho" e lê em sua sinopse que se trata de uma obra que "...mostra o poder do **amai-vos uns aos outros** nas mais diversas situações da vida, quando deixamos o nosso amor fraterno guiar a nossa mente e o nosso coração, as nossas mãos e os nossos passos, para que tudo se equilibre ao nosso redor."

— Por que comprou estes livros, Nestor?

— Não sei, Berê, mas, agora que os comprei, vou lê-los.

— Não sabe por que os comprou?

— Não. Foi um impulso.

— Mas você entrou nesta livraria e foi direto à prateleira e os apanhou...

— Algo estranho está acontecendo comigo.

— Você está muito mudado, mas para melhor, Nestor. Para muito melhor.

— Penso que vivi alguma coisa durante o coma, Berê.

– E tem ideia?

– Não, está tudo muito confuso em minha mente – diz, omitindo que durante o coma ouvia o que as pessoas falavam, inclusive sua conversa com Leopoldo e o quanto sofrera. Talvez, um dia, venha a lhe contar, mas, por um bom tempo, pretende aguardar os acontecimentos.

– E não tem nenhuma ideia do que o fez escolher estes livros?

Nesse momento, a pessoa que se encontra à sua frente efetua o pagamento e a moça do caixa o chama, enquanto Berenice o espera ao lado.

– Pronto, já paguei – informa Nestor, retornando ao lado de Berenice.

– E então? – pergunta a mulher, fazendo-o vir com ela para um canto da livraria, a fim de não atrapalharem o fluxo das pessoas no caixa.

– Você me perguntou por que eu escolhi estes livros.

– Sim.

Nestor pensa por alguns segundos e diz:

– Sabe, Berê, creio ter sido uma vontade que não consegui controlar e, muito menos, compreender. Parecia que algo me "puxava" e que só via essas três obras na estante. Até quando procurei pela placa que indicava... veja... aquela ali: "Espiritismo", foi uma decisão espontânea e incontrolável. Você entende alguma coisa disso?

— Acredito, pelo pouco conhecimento que tenho, que se você ler estes três livros e mais alguns outros, conseguirá entender. Quem conhece um pouco mais sobre isso e que já leu bastante é a Cida.

— Bem, eu me vou. Logo, os fisioterapeutas chegarão em casa.

— Eu não vou me demorar. Marlene ainda quer fazer uma compra.

— Está bem.

— Vamos, Nestor? – convida Jaime.

— Vamos, sim.

— Até qualquer outro dia, Leopoldo – despede-se Jaime.

— Até qualquer outro dia. Até mais, Nestor.

— Até mais.

— Ainda vou ficar aqui para fazer a compra que não fiz. Mas valeu a pena o almoço – explica-se Leopoldo.

E os irmãos se despedem e dirigem-se até o estacionamento para apanharem o carro.

Recordações do hospital
O despertar
CAPÍTULO 17

Chegando em casa, Nestor deita-se, recostando-se num travesseiro, com a obra *O Evangelho Segundo o Espiritismo* nas mãos, mas, antes de começar a lê-lo, passa a recordar-se de um dia importantíssimo para ele.

"Exatamente após vinte dias, ou seja, no vigésimo primeiro dia após a internação de Nestor, às nove horas e trinta minutos da manhã, Cida e Marlene estão no quarto do hospital, enquanto Berenice havia ido para casa tomar algumas providências junto a Leontina, a governanta.

As duas mulheres, como sempre, se encontram colocando os assuntos em dia, desta feita com respeito a um desfile de modas a que pretendem assistir, quando ouvem um grunhido, seguido de mais dois.

Voltam-se para Nestor e ele se encontra, como sempre, paralisado e quieto. Uma olha para a outra, sem saber o que acontecera ou de onde vieram aqueles ruídos que, podiam jurar, teriam partido dele.

De qualquer maneira, se levantam, se acercam da cama e ficam prestando atenção na expectativa de tornarem a ouvir algo. Apuram os ouvidos e nada. Somente o silêncio e a inércia, com os quais já se acostumaram.

Continuam a fitar-lhe o rosto até que, de repente, levam tremendo susto, provocado pelo inesperado, mesmo naquele momento em que aguardavam que algo ocorresse.

Nestor abre os olhos e os fecha, logo em seguida, por causa da luz.

— Ele abriu os olhos?! – pergunta Marlene.

— Abriu! – responde Cida. – E os fechou por causa da luz. Veja como suas pálpebras estão tremendo. Apague a luz, Marlene, e deixe o quarto apenas na penumbra.

E, voltando-se para o cunhado, lhe pede:

– Nestor, se estiver me ouvindo, emita um som.

– Hã.

– Meu Deus! – exclama e aperta com veemência o botão da campainha de emergência.

Poucos segundos se passam e uma enfermeira entra no quarto.

– Precisam de alguma coisa?

– Ele abriu os olhos – informa Marlene, ainda assustada.

– Abriu os olhos?

– E os fechou em seguida por causa da luz e, então, a apaguei.

– Deixe-me ver – diz a enfermeira, aproximando-se. – Seu Nestor, seu Nestor! O senhor me ouve?

Nestor faz tremendo esforço e consegue, agora, falar, bem baixinho:

– Sim...

– Ele disse "sim"?

– Se o senhor está me ouvindo e entendendo, diga sim, novamente.

Nestor se esforça e consegue:

– Sim...

– Por favor, seu Nestor. Agora o quarto se encontra em penumbra. Abra lentamente os olhos.

Cida e Marlene ficam com a atenção presa nele e Nestor, lentamente, abre os olhos, vendo vultos ainda embaçados, mas os fecha em seguida por causa da luz, mesmo com a sua pouca intensidade, com a qual não está acostumado há vinte dias.

– Esta claridade ainda o incomoda?

– Incomoda...

– Meu Deus! Ele está voltando do coma! – exclama Cida.

– Vou tentar localizar o doutor Fonseca. Já volto.

– Volte logo – pede Marlene.

– Graças a Deus, abri os olhos – pensa Nestor –, e o mais importante é que consegui me comunicar. Pelo menos, agora sabem que estou acordado. Que sofrimento...!

– Você está me ouvindo, Nestor? – pergunta-lhe Cida.

– Estou...

– Que bom, Nestor, voltar à vida, não?

– É...

– E conversar, não? Afinal de contas, há muito tempo não fala com ninguém. Já faz vinte dias, Nestor.

– Vinte dias? – pensa, intimamente. – Pareceu-me uma eternidade.

– Deixe-o sossegado, Cida – pede Marlene.

– Você acha que ele quer que o deixem sossegado? Depois de vinte dias?

– Penso até que não deveria lhe dizer a respeito dos dias. Afinal de contas, deve imaginar terem passado alguns poucos segundos. Estava em coma, como se estivesse dormindo. Talvez ele não esteja preparado para saber que esteve em coma por todo esse tempo – sussurra Marlene, com a intenção de que ele não a ouça.

Nestor acaba se divertindo, ouvindo-a falar.

– Se soubesse o que já ouvi nesses vinte dias... – pensa.

– Talvez seja melhor mantê-lo desperto até o doutor chegar – retruca Cida. – Nestor, vá abrindo os olhos devagar para ir se acostumando com a claridade. Vá treinando até o médico chegar. A enfermeira já foi chamá-lo.

E Nestor a obedece, mas a pouca luz ainda é muita para ele.

– Ele não aguenta a luz, Cida. Mesmo esta pouca claridade.

Nesse instante a porta se abre e entra o doutor Fonseca.

– Quer dizer que o nosso paciente resolveu acordar?

– Ele está entendendo o que falamos, doutor.

– Vamos ver. Nestor, você me ouve?

– Ouço...

– Ótimo. Zilda, por favor feche um pouco mais a persiana da janela.

– Vou fechar – responde a enfermeira. – Está bom assim?

– Vamos fazer um teste dessa maneira. Nestor, por favor, abra seus olhos. Devagar.

E Nestor o atende, mas só consegue permanecer alguns poucos segundos com ele aberto.

– Uma das senhoras teria, por acaso, óculos escuros?

– Eu tenho, doutor – responde Marlene, tirando os seus da bolsa e lhe entregando.

O médico os coloca sobre os olhos de Nestor e lhe pede para abrir os olhos.

– Está me vendo, Nestor?

– Estou...

– Ótimo. Consegue mantê-los abertos?

– Consigo...

– Ele consegue se movimentar, doutor? – pergunta Cida.

– Vamos ver agora.

– Você pode mexer os braços, Nestor?

Nestor, que tão empolgado ficara conseguindo se comunicar e abrir os olhos, nem se lembrara de fazer essa tentativa. E com um pouco de esforço ergue os braços, sem conseguir, ainda, movimentar os dedos das mãos. Mas não tem força suficiente para mantê-los no ar e os deixa cair.

– Está ótimo, Nestor! – exclama o médico.

– Agora, a perna direita. Como é mais difícil, vou ajudá-lo.

E apanha seu pé direito e começa a levantar sua perna. Nestor não tem ainda a força suficiente para mantê-lo erguido, mas o esforço que faz é o suficiente para que o médico perceba que ele voltará a ter o movimento nessa perna. Faz o mesmo com a esquerda e diz:

— Muito bom. Muito bom, mesmo. É evidente que ainda não tem a energia suficiente, mas deu para sentir o esforço muscular que fez. Com alguns dias de fisioterapia, tenho certeza de que vai sair andando. Vou precisar fazer alguns exames também. Vocês já avisaram Berenice?

— Vou ligar para ela – diz Marlene.

E Marlene faz a ligação.

— Alô. Leontina?

— Sim.

— É Marlene. Preciso falar com Berenice.

— Um momento, dona Marlene. Vou chamá-la.

Mais alguns segundos...

— Alô, Marlene. É Berenice.

— Você não imagina o que aconteceu.

— O que foi? – pergunta a mulher, preocupada, pois deixara as cunhadas junto a Nestor.

– Nestor voltou.

– Voltou?!

– Voltou do coma.

– Voltou do coma? Explique-se melhor, Marlene.

– Pois estávamos eu e Cida conversando, quando ouvimos um grunhido que parecia ter vindo dele.

– E daí?

– Daí levantamos e nos acercamos dele e ficamos prestando atenção.

– Fala logo, Marlene.

– Estávamos olhando para ele quando... Que susto, Berenice!

– Fala, criatura! – quase grita Berenice, muito nervosa.

– ...Ele abriu os olhos e os fechou rapidamente por causa da luz.

– Abriu os olhos?

– Abriu e fechou. Então, Cida lhe pediu que emitisse um som.

– Um som?

– Sim. Ele fez assim: "hã".

– E depois?

– Cida apertou o botão da campainha de emergência e logo veio uma enfermeira. Contamos a ela o que acontecera e ela lhe perguntou se ele a estava ouvindo.

– E ele? – pergunta Berenice, amargurada com os detalhes de Marlene.

– Ele respondeu com um "sim", bem baixinho. Ela, então, lhe pediu para abrir os olhos e ele os abriu e fechou.

– E...

– A enfermeira lhe perguntou se a claridade ainda o incomodava e ele respondeu.

– O que ele disse?!

– Ele disse "incomoda".

– E chamaram o doutor Fonseca?

– Chamamos e ele veio logo, fez outros testes e me pediu uns óculos escuros e os colocou sobre os olhos de Nestor, perguntando-lhe se o via. E ele respondeu que sim, novamente.

– E o que mais?

— Berenice, ele mexeu os braços e um pouco as pernas!

— Meu Deus! E o que o doutor Fonseca disse a respeito?

— Disse que, com alguns dias de fisioterapia, ele, com certeza, vai voltar a se movimentar e a andar.

— Mas isso é maravilhoso! – exclama Berenice.

Marlene, então, permanece em silêncio por alguns segundos.

— Você está aí, Marlene?

— Estou.

— É que você silenciou, de repente.

E Marlene não responde. Berenice consegue ouvir a voz de Cida e do doutor conversando ao fundo.

— Marlene...?

— Alô... Desculpe-me.

— O que foi?

E Marlene sai do quarto para falar sem ser ouvida.

– Acabei de sair do quarto para falar sem ser ouvida, apesar de que não estão prestando atenção em mim.

– E o que deseja falar, sem ser ouvida?

– Você acha que isso é bom? – pergunta, ingenuamente, a concunhada.

– O que não é bom? Que Nestor volte à vida?!

– Isso mesmo.

– Não acredito que você esteja me fazendo essa pergunta.

– Desculpe-me, Berenice, mas é que...

– É o quê? Você acha que eu estava querendo que Nestor não voltasse do coma?

– Não seria melhor...?

– Pode até ser, Marlene, mas eu nunca desejaria isso para ele.

– É... Você tem razão. Não sei por que pensei assim. Realmente, não devemos desejar mal a ninguém. Mas é que estava desejando o seu bem.

– Eu compreendo você e lhe agradeço, de coração, em desejar o melhor para mim, mas não seria capaz de pensar assim. Nem você, Marlene. Tenho certeza.

— Que Deus me perdoe por esses meus pensamentos.

— Fique tranquila e vamos fazer o possível para ajudar Nestor a se recuperar.

— Você vai se separar dele?

— Cida lhe falou, não é?

— Comentamos sobre essa possibilidade. Você está pensando em se separar?

— Talvez, Marlene, mas agora, preciso localizar meus filhos e lhes dar a boa notícia. Vocês se incumbem de informar Jaime e Luiz Henrique?

— Oh, sim. Agora mesmo. E pode deixar que avisaremos também Eneida e Péricles."

Outros acontecimentos no hospital
Após o retorno do coma
CAPÍTULO 18

"Naquela tarde, acaba sendo feita uma exceção por parte do hospital, pois verdadeira invasão ocorre no corredor defronte do quarto de Nestor.

Berenice, Eduardo, Marcela, Jaime, Luiz Henrique, Eneida, Péricles, Cida e Marlene lá se encontram para ver o homem que voltara do coma.

Um misto de alegria e de apreensão fervilha no pensamento de todos.

Aguardam o doutor Fonseca que fora chamado pela enfermeira-chefe, que havia negado a entrada conjunta dos visitantes no quarto, pois, naquele momento, dois fisioterapeutas estavam se ocupando em iniciar um novo tratamento, em vista do retorno dos movimentos de Nestor.

Novos exames já haviam sido realizados na parte da manhã e esse havia sido o motivo de o paciente só receber visitas após as três horas da tarde.

O doutor Fonseca, por fim, chega com um largo sorriso de satisfação, dando as boas notícias, entremeadas de pareceres médicos.

Mas a apreensão estava sendo motivada por não fazerem nenhuma ideia de como estaria o humor do paciente, apesar de Cida e Marlene os terem tranquilizado, afirmando que ele se encontrava ainda sob o efeito da natural debilidade e pelo fato de ter estado vinte dias em completa inatividade e fora de si, como imaginavam todos. Pelo menos, fora o que o médico lhes dissera.

– E, então, doutor Fonseca, como está Nestor? – pergunta Berenice.

– Seu marido se encontra muito bem, aliás, bem melhor do que eu poderia imaginar.

E o médico é interrompido pela saída dos fisioterapeutas Alcina e Benedito.

– Terminamos por hoje, doutor – diz a fisioterapeuta. – A reação do senhor Nestor é impressionante. Cremos que, em poucos dias, já estará caminhando com o auxílio de um andador.

— Quando meu pai poderá voltar para casa? – pergunta Marcela ao médico.

— Creio que dentro de uma semana.

— Uma semana?! – pergunta a moça, ansiosa.

— Vocês vão ter que ter um pouco de paciência. Nestor acaba de sair de um estado de coma e terá que se submeter a testes de avaliação e acompanhamento, procedimentos que seriam difíceis de serem realizados em casa.

— Entendo – diz Marcela.

— Pelo que estou imaginando, vocês todos querem vê-lo, não?

— Queremos, sim. Podemos?

— Com uma condição – responde, agora, muito sério, o doutor Fonseca.

— E que condição? – pergunta Jaime.

— É o seguinte: vocês têm que entender que Nestor passou por momentos difíceis, mental e fisicamente. Encontra-se debilitado, com pouco grau de força muscular e com a mente um pouco lenta. Por isso, é muito importante que ele descanse.

— Compreendemos perfeitamente – diz Berenice.

— Dessa forma, a minha condição é a de que entrem duas pessoas de cada vez e conversem muito pouco com ele. Sugiro que o cumprimentem, perguntem como ele está e saiam. O mesmo se dará para as outras duplas. Até você, Berenice.

— E quem irá permanecer com ele, no quarto?

— Uma pessoa durante o dia e outra, à noite. De preferência, do sexo masculino, porque terão que auxiliá-lo a ir até o vaso sanitário, tomar banho, enfim, fazê-lo movimentar-se o máximo possível. Não é isso, Alcina?

— Perfeitamente. Estamos trabalhando com seus músculos, a fim de que voltem a possuir a resistência necessária para uma vida normal. Mas, também, é necessário que ele se esforce para utilizá-los.

— Eu posso ficar durante o dia – diz Eduardo. – Estudo à noite e posso fazer isso.

— Eu, Luiz Henrique e Péricles, nos revezaremos nas noites – sugere Jaime. – Tudo bem?

Todos concordam.

— E nós, mulheres? – pergunta Cida.

— Com certeza, farão compras durante esse período – brinca Péricles.

– De minha parte, estarei à disposição de vocês – diz Berenice.

– Muito bem. Então, Eduardo e Marcela, podem entrar. Eu os acompanho – diz o médico.

E assim o fazem, até que os filhos retornam, entrando, agora, Jaime e Luiz Henrique.

– E aí, filho? – pergunta Berenice. – Como ele está?

– Penso que se encontra um pouco exausto. Falamos com ele, ficou nos olhando, mas percebemos que sente muito sono.

– Realmente, deve estar muito cansado e fraco – explica o médico.

– E quando ele vai voltar a ter uma alimentação normal?

– Por uns dias, vamos experimentar manter uma alimentação bem leve. Depois, conforme suas reações, iremos lhe servir alguma coisa mais consistente para ele ir se acostumando com o alimento sólido.

– E ele ficará assim, enfraquecido, até o senhor lhe dar uma alimentação mais forte?

– Isso mesmo, Berenice, não podemos fazê-lo comer uma comida muito consistente por ora e, enquanto isso, estará sempre parecendo meio cansado e sem muita vontade de conversar. Mas verão que, com uns poucos dias de alimentação normal, voltará a ser o que era.

— A ser o que era? – pensa Marlene. – Tomara que não. Ninguém conseguiria aguentar o seu gênio, principalmente agora que tivemos um grande descanso dele.

E, dessa forma, todos entram para vê-lo, em pares, até que chega a vez de Berenice que elege a filha para acompanhá-la, pois Marcela quer ver o pai novamente.

Ao entrar, Nestor lhe sorri e, lentamente, lhe estende a mão sendo que ela se limita a tocá-la, de maneira rápida.

— Está se sentindo bem, Nestor?

— Estou... – responde, com voz cansada.

— Você se lembra de alguma coisa?

— Pouco...

— Esteve em coma, sabe?

— O doutor me disse... Vinte dias, não...?

— Vinte dias, sim. Seus irmãos e seu filho virão passar os próximos dias com você.

– Mas viremos visitá-lo, pai – diz Marcela. – Eu e mamãe.

Nestor se limita a menear levemente a cabeça, num sinal de que havia entendido.

– Bem, nós vamos agora – diz Berenice, pouco à vontade na presença do marido.

Nestor acena mais uma vez com o movimento da cabeça. Marcela lhe beija o rosto e volta-se para a mãe.

– Vamos, mamãe?

– Vamos.

– Até amanhã, pai.

– Até amanhã... – responde, cerrando os olhos.

– O que você achou, Berenice? – pergunta-lhe o doutor Fonseca.

– Voltou, mesmo, mas o achei muito cansado.

– É natural. Logo se recuperará.

E após combinado quem ficaria com ele à noite, Eduardo entra no quarto para ali permanecer até as vinte horas.

E assim, transcorrem os dias. Nestor fala pouco, mas procura realizar com muito empenho todos os movimentos que lhe são passados pelos fisioterapeutas e faz questão de praticar, mesmo sem a presença deles, o quanto o quarto lhe permite.

Suas mãos, após passarem por outros tantos exercícios, já conseguem, não só segurar no andador, como também um copo para beber água, e até mesmo uma caneta.

Esforça-se muito e, no sétimo dia, já se encontra caminhando uns passos a mais com um andador.

E tudo ocorreu como o combinado: Eduardo passava todo o dia com ele, estudava no quarto, apenas achando-o muito calado e introspectivo. Berenice fora visitá-lo todos os dias, mas por alguns poucos minutos, mesmo porque escolhia, propositalmente, um horário em que ele dormia.

– Mamãe, por que não vem num outro horário? Se a senhora vier, por exemplo, depois das onze horas da manhã, vai encontrá-lo acordado, porque acabou de fazer a fisioterapia da manhã. Ou lá pelas quatro horas da tarde, quando nova sessão de fisioterapia ocorre.

– É que não tem dado certo esse horário para mim, filho.

Mas Eduardo, que sabia e compreendia as intenções da mãe em separar-se do pai, não insiste para não vê-la embaraçada.

– Além do mais, filho, será só uma semana.

– Ele vai voltar para casa.

– E os exercícios, filho? Você diz que ele se empenha muito – pergunta e comenta Berenice, tentando desviar a atenção da conversa para um outro campo.

– Papai é muito dedicado, sim. Já consegue dar uns poucos passos.

– Você acha que essa dificuldade de ele andar é, realmente, fruto do tempo em que ele passou em coma?

– Pelo menos foi o que o médico disse e creio que somente podemos acreditar nele. Por que, mamãe?

– Por nada, Eduardo, mas talvez devêssemos fazê-lo ser examinado por algum outro especialista para termos certeza de que é isso mesmo.

– A senhora pensa que possa ser algo relacionado com o cérebro?

– Às vezes, me ponho a pensar assim.

– Bem, podemos fazer isso, mamãe, mas penso em esperar um tempo. Quem sabe o doutor Fonseca não esteja com toda a razão e papai volte a ter todos os seus movimentos, de verdade?

– Você tem razão, filho."

De volta do *shopping*
CAPÍTULO 19

QUANDO BERENICE CHEGA EM CASA, POR volta das dezessete horas, Nestor se encontra dormindo. Já fizera todos os exercícios de fisioterapia e Alcina e Benedito se encontravam muito entusiasmados com o progresso dele.

– Boa tarde, Leontina.

– Boa tarde, dona Berenice, seu Nestor está descansando.

– Eu vi quando passei pelo quarto. Ele fez a fisioterapia?

– Fez, dona Berenice. Depois, servi suco e lanche para ele, para Alcina e Benedito.

— Na sala de jantar?

— Aqui na cozinha, e seu Nestor sentou-se aqui e me fez sentar e comer também. Olhe, dona Berenice, a senhora sabe que só faço isso porque ele me convida e insiste.

— Sei disso, Leontina e não tem nada de mais. Eu não tomo lanche aqui com você, com Teresa e Marta? Eduardo e Marcela também não fazem assim?

— Sempre fizeram, mas o seu Nestor...

— Ele voltou mudado, não?

— Meu Deus! Quem diria? Desculpe-me, dona Berenice, não devia falar assim.

— Pois agora quero que fale tudo o que está pensando a esse respeito.

— Sobre a mudança dele?

— Isso mesmo.

— Mas por que a senhora quer que eu fale?

— Por favor, Leontina. Preciso muito ouvir a sua opinião porque, eu mesma, não sei o que pensar. Necessito de sua opinião sincera, sem rodeios, Leontina. Por favor.

A mulher percebe a ansiedade da patroa e resolve lhe falar tudo o que pensa.

— Bem, dona Berenice, o que poderia lhe dizer, a não ser que nunca em minha vida vi alguém se modificar tanto? Seu Nestor era um homem autoritário, grosseiro, exigente. Tão exigente, que parecia estar sempre procurando alguma falha para dar uma bronca daquelas! E não só em nós, mas na senhora e nos seus filhos.

— É verdade.

— Quantas e quantas vezes eu ficava angustiada quando alguma das crianças fazia algo errado que, fatalmente, ele iria saber. Quando ele entrava pela porta da rua, eu, muitas vezes, me trancava no meu banheiro e tampava os ouvidos com as mãos.

— Imagine a minha angústia, então.

— Quantas e quantas vezes martirizava a senhora com tolices...

— Tolices, mesmo.

— Olhe, a senhora é uma santa, dona Berenice, por ter suportado seu Nestor por tanto tempo.

— E ele não era assim, Leontina.

— Imagino, porque ninguém, em sã consciência, se casaria com um homem desses.

— Quando namorávamos, ele era gentil, bondoso, terno e continuou assim pelos três primeiros anos de casado.

— Depois mudou...?

— Foi se enfurnando nos negócios, só pensando em ganhar mais e mais dinheiro e foi ficando dessa maneira. Cada dia pior. E agora...

— Eu não o conheci quando vocês se casaram, porque faz apenas nove anos que estou aqui, portanto somente o conheço com aquele gênio ruim. Mas, agora... A senhora acha que ele está como antigamente, como na época em que namoravam?

— Penso que está melhor, Leontina, porque me parece mais humilde e consciente de seus erros. Hoje, quando olhei para ele, vi isso.

— Humilde?

— Sim e me parece envergonhado por tudo o que fazia. Assim o vi.

— Será que foi o coma?

— Conversei rapidamente com ele hoje, lá no *shopping*.

— Ele também foi lá?

— Ele e Jaime. Foram almoçar conosco.

— Seu Nestor foi almoçar com a senhora, Jaime e Marlene?

— Foi, e encontramos lá o senhor Leopoldo, nosso vizinho de algumas casas acima, o corretor – diz Berenice, omitindo a verdade sobre o "fortuito" encontro.

— Ainda posso falar tudo o que penso, dona Berenice?

— Pode e deve, Leontina.

— Não gosto desse homem.

— Do Leopoldo?

— Esse mesmo.

— E por que, Leontina?

— Porque já o vi várias vezes dentro do carro estacionado na frente da casa dele e me pareceu estar nos vigiando.

— Vigiando? Como assim?

— Não sei e nunca comentei esse fato porque seria uma leviandade de minha parte fazer isso, mas já notei que ele ficava lá estacionado e, quando a senhora saía com o carro, ele saía atrás.

— Você acha que ele me seguia?

— É o que penso, mas pode ter sido coincidência.

— Mas, muitas vezes?

– Muitas, dona Berenice.

– E como sabe?

– Sei, porque passei a me interessar para ter certeza e, várias vezes que a senhora saía, eu corria até o jardim e o via sair com o carro.

– E eram dias certos?

– Era sempre às terças e quintas-feiras.

– Nos dias em que saio para ir à ginástica.

– Isso mesmo. Parecia que ele já sabia sobre os seus horários.

E Berenice fica pensativa, tentando imaginar qual seria o motivo disso, porque, na verdade, pouco saía de casa, mas às terças e quintas-feiras ia para a academia.

– E quando isso começou, Leontina?

– Bem, começou há cerca de uns três meses ou mais e não o vejo mais fazer isso há cerca de uns quinze dias.

Berenice faz um rápido cálculo e percebe que ele parou com essa perseguição a partir do dia em que fez a visita a Nestor no hospital.

– Meu Deus! – pensa. – Com que homem estranho eu estava a ponto de me envolver! E suas atitudes hoje, lá no restaurante! Só podia estar fora do meu juízo para ter concordado em me encontrar com ele por quatro vezes para almoçarmos juntos. Me parecia tão educado, tão sincero, tão prestativo. Ficar me seguindo?! Isso não é normal!

— Mas não se preocupe, dona Berenice, pois penso que foi impressão minha. De qualquer maneira, parou de sair com o carro para segui-la.

— Ainda bem, não, Leontina?

E Berenice decide se afastar definitivamente de Leopoldo, entretanto, muito preocupada com o que aquele homem poderia lhe causar se resolvesse começar a persegui-la, prefere se abrir com a governanta, contando-lhe a verdade, inclusive sobre o pensamento que tinha de separar-se, já com o conhecimento dos filhos. E lhe conta tudo.

— Meu Deus, dona Berenice, nunca poderia imaginar...!

— Mas você me compreende?

— Lógico que a compreendo. Pois eu lhe disse que a senhora foi uma santa em aguentar seu Nestor por tanto tempo. E se quer saber, se ele não tivesse se modificado, a senhora teria toda a minha compreensão e todo o meu apoio se viesse a precisar de alguma coisa.

– Eu lhe agradeço, Leontina.

– Mas por que me contou tudo, dona Berenice?

– Porque agora, pelo que contou sobre Leopoldo ter me seguido antes, estou começando a sentir um pouco de medo.

– Medo de que ele faça alguma coisa contra a senhora, quando lhe disser que não quer mais se encontrar com ele?

– Sim e penso que talvez venha a precisar de sua ajuda.

– Conte comigo, dona Berenice.

Berenice permanece por alguns segundos pensativa e pergunta:

– Você acha que Nestor pode voltar a ser como era antes? Diga com sinceridade.

– A senhora quer saber porque, se ele continuar a ser como o é agora, continua com ele?

Berenice faz um sinal afirmativo com a cabeça, deixando transparecer no rosto tudo o que está sentindo, o que não passa despercebido de Leontina que, sorrindo, lhe diz:

— Dona Berenice! Que amor é esse?!

— Amor?

— Foi o que vi no seu olhar. A senhora voltou a gostar de seu Nestor?

— Leontina, parece que estou revivendo um passado com perspectivas de uma grande felicidade. Não sei se é porque o vejo melhor ainda do que era ou se também está influindo o contraste de tudo o que sofri, com a possibilidade de ser feliz novamente.

— Pois eu tenho uma boa notícia para a senhora.

— E qual é essa boa notícia?

— Depois que Alcina e Benedito foram embora, seu Nestor disse que ia se deitar. Logo em seguida, quando passei defronte do quarto, a porta estava aberta e o vi lendo, recostado num travesseiro.

— Sim...

— Daí que reconheci a capa do livro, Dona Berenice. Era um livro espírita, mais precisamente *O Evangelho Segundo o Espiritismo*.

— Eu sei disso, Leontina.

— Sabe?

– Eu o vi quando comprou esse livro, mais *O Livro dos Espíritos* e um outro do Chico Xavier, que não me lembro bem o nome. Acho que era *E a vida continua...*

– E sabe por que ele comprou esses livros?

– Nem ele sabe. Me disse que foi por um impulso.

– Impulso?! Dona Berenice! Ele foi inspirado pelos Espíritos! Ninguém sai comprando esses livros à toa, ainda mais seu Nestor, que nunca foi ligado a religião nenhuma, pelo menos que eu saiba.

– Os Espíritos estão ajudando ele?!

– Mas é lógico! Como é que um homem como ele se modifica tanto?

– Mas ele nunca havia lido nada sobre Espiritismo.

– Dona Berenice, a senhora sabe que sou espírita há mais de vinte anos.

– Sei.

– Dona Berenice! O coma!

– O que tem o coma?! Espere aí, ele me falou alguma coisa a respeito. Sim. Ele me disse que pensa que viveu alguma coisa durante o coma! Isso mesmo! Mas o que ele pode ter vivido?

— Durante o coma, ele foi levado para o plano espiritual.

— Como assim, dona Leontina?

— Pois não foi depois desse coma que ele, inexplicavelmente, se modificou?

— Foi.

— Então, só pode ser isso. Ele, na emancipação da alma, foi auxiliado.

— Emancipação da alma? O que é isso, Leontina?

Nesse momento, chegam Eduardo e Marcela.

— Emancipação da alma? Do que é que estão falando?

Então, Berenice resume para os filhos o encontro no *shopping*, a compra dos livros, a conversa com Nestor e a explicação que Leontina tem para a mudança dele.

— Você poderia nos explicar sobre essa tal de emancipação da alma, Leontina? – pede Berenice.

A governanta passa, então, a dar a mesma explicação dada a Nestor pelo doutor Alexandre, no plano espiritual.

— Mas isso é incrível! – exclama Marcela.

– Pode crer que isso ocorre. Não sei se a explicação que lhes dei foi suficiente, mas lhes prometo trazer um livro que possuo, o qual traz uma explicação até mais detalhada sobre esse assunto.

– Gostaria de lê-lo – diz Eduardo.

– Vocês não acham que essa seria a explicação mais plausível para o que aconteceu?

– Mas por que ele teria sido ajudado dessa forma, Leontina? Fosse assim, todos os que saíram de um coma teriam uma mudança de comportamento. Inclusive, quando papai sofreu esse desastre, cheguei a conversar com um senhor que soube ter estado nessa situação, e ele, sem que eu lhe perguntasse, pois papai ainda se encontrava hospitalizado, me disse que retornou normalmente, sem nenhuma sequela ou qualquer mudança em seu humor ou qualquer outra coisa.

– Bem, Eduardo, há casos e casos, nesta vida. Penso que seu pai foi auxiliado por algum motivo. Talvez por meio de algum Espírito muito elevado que tivesse o merecimento de intervir por ele. De qualquer maneira, Deus é quem decide, pelos mecanismos da vida, de causa e efeito, e justiça, como as coisas devem acontecer.

– Bem, a explicação da senhora tem lógica e gostaria muito de ler esse livro.

– Eu o trarei amanhã mesmo.

– Dona Leontina – diz Marcela –, já que a senhora é espírita, gostaria que me explicasse qual a visão do Espiritismo sobre o dinheiro. Ele é nocivo?

– Você tem sorte, Marcela, pois estou lendo um livro, na verdade, um romance, que nos dá uma boa visão do dinheiro.

– E o que esse livro explica?

– Ele ensina que o dinheiro não é um mal. Diz que nós é que fazemos mau uso dele, utilizando-o com o supérfluo, quando poderíamos fazer coisa melhor com ele. Que muita gente se escraviza ao dinheiro como se ele fosse um deus, como se fosse, até mesmo, o ar que se respira.

– Isso é verdade. O papai, mesmo... – comenta Eduardo.

– Que muitas pessoas o desejam para usá-lo como uma maneira de se sobressaírem aos demais, para aparentarem mais poder, para serem admirados por aqueles que não possuem tanto.

– E sofrem... – complementa Marcela.

– E faz os outros sofrerem, também. Vejam vocês, que nesse desejo de ser mais que o outro, a pessoa, por consequência, está desejando que esse outro seja inferior a ela e isso contraria o ensinamento de Jesus que é o do amor ao semelhante.

– Bem explicado, Leontina.

– Nem tanto. Vou trazer esse livro também, para que o leiam.

– Mas continue.

– Não que não se deva trabalhar, poupar, vestir-se adequadamente, procurar ter um pouco de conforto e oferecer conforto para a família, procurar oferecer um estudo para os filhos, comprar um automóvel, mas tudo dentro de um limite. E o que é o principal: nunca realizar nada para se causar inveja aos outros.

– E causa mesmo, Leontina.

– E o problema da inveja pode ser visto por dois ângulos.

– Dois ângulos? – pergunta Berenice.

– Sim, porque a inveja é condenável, pois se trata de um sentimento que, como disse, coloca a pessoa como quem quer ser mais que a outra, o que contraria o sentimento do amor ao semelhante.

– E de outro ângulo...

– Podemos vê-la do ângulo daquele que faz de tudo para causar a inveja no outro porque, se o seu semelhante está alimentando esse sentimento, foi provocado pelo primeiro.

– Então não podemos ter as coisas para não causar inveja?

– Não é isso, Marcela. Podemos ter as nossas coisas e, se alguém tiver inveja do que temos, o sentimento ruim e prejudicial é dele. E digo prejudicial, porque a inveja sem limites pode nos causar alguma doença.

– E causa, sim. Já li sobre isso – comenta Eduardo.

– Continuando, o que não devemos é realizar grandes sacrifícios que venham até a sacrificar outras pessoas a fim de adquirirmos bens com o único intuito de provocar a inveja em alguém. Vocês estão me entendendo? Quando lerem esse livro, irão entender melhor.

– Estamos entendendo, sim.

– E temos que doar um pouco do que temos para aqueles irmãos em Deus que pouco ou nada possuem. Algumas pessoas acham que ajudar o pobre poderá torná-las pobres. Com certeza, terão um pouco menos de dinheiro, mas se enriquecerão espiritualmente.

– O dinheiro traz felicidade, Leontina?

– O dinheiro por si só, não. Nesse livro está escrito que, se quisermos ser realmente felizes, devemos nos desapegar das coisas materiais. Diz que podemos possuir, mas que não podemos ser possuídos pelo que temos.

– Então, o dinheiro não é nocivo?

– Não, se soubermos usá-lo. Esse livro ensina, dando um exemplo que diz que o dinheiro é como um veículo que pode ser bem utilizado para deslocar pessoas para o trabalho, ou mal utilizado por um condutor mal intencionado.

– E o que mais, Leontina? – pergunta Marcela, muito interessada.

– Só me lembro de mais uma coisa: que o dinheiro pode ser a bênção na compra de um remédio para uma criança, cuja mãe não o tem, o cobertor para aquele que passa frio, a comida para aquele que tem fome, e na construção de empresas que gerarão trabalho a tantos pais de família.

– Quer dizer que o dinheiro é como qualquer outra coisa que, se bem utilizada, trará o bem e, se mal utilizada, trará o mal?

– Isso mesmo, Eduardo. O dinheiro tem que ser bem utilizado porque ele pode não trazer a verdadeira felicidade, mas a sua falta pode trazer muito sofrimento. E esse dinheiro que falta e traz sofrimento pode estar no nosso bolso ou empregado em bobagens que não nos acrescentam nada.

– Falou bonito, Leontina – exclama Berenice.

– Falei mais ou menos o que li.

O telefonema

CAPÍTULO 20

São quase nove horas da noite e toda a família se encontra, novamente, reunida em casa de Nestor, pois todos sentem grande alegria e todos querem conversar mais com ele, querem abraçá-lo, além do que, a notícia de sua transformação ainda é uma incógnita na mente de todos, principalmente de Cida e Marlene. Eneida já é mais tranquila e lhe basta ver o irmão melhor.

Encontram-se todos sentados em grande varanda que, na parte mais interior da residência, possui, à sua frente, belo jardim, cuidadosamente tratado por José, um jardineiro diarista.

Nestor, que sempre fora aquele que dominava a conversa e os assuntos, agora é o mais calado, preferindo ouvir a conversa dos irmãos, da esposa e dos filhos.

Nesse momento, estão a falar sobre os filhos de Jaime, Luiz Henrique e Eneida que residem em outras cidades, onde também frequentam cursos superiores. Todos são, praticamente, da mesma faixa etária de Eduardo e Marcela.

Nestor que, nesse momento, se encontra sentado ao lado da filha, pede à irmã Eneida que se sente ao seu lado, enlaçando-a pelos ombros e lhe beijando a face. Todos se emocionam vendo aquela cena que não presenciavam desde muitos anos. Eneida o abraça com muito carinho e lágrimas lhe brotam dos olhos em abundância.

— Meu irmão querido...

— Você está bem? – pergunta Nestor, também emocionado, pelo fato de perceber quanto tempo havia perdido em sua vida, deixando de externar o quanto amava seus irmãos. Eneida era a caçula da família.

— Agora, melhor ainda, Nestor. Há muito tempo anseio por abraçá-lo.

— Imagino, minha irmã, pois você sempre foi

muito carinhosa. Perdoe-me por tanto tempo perdido.

– Temos toda a vida pela frente.

Os filhos não conseguem conter a emoção e também vão às lágrimas. Marcela o abraça pelo outro lado e Eduardo se coloca por detrás do sofá, enlaçando-o pelo pescoço e lhe dando um beijo em sua cabeça.

Berenice, apesar da enorme vontade de se juntar a eles, ainda se sente tímida e, principalmente, tomada pelo peso de ter estado a almoçar com outro homem, apesar de não se culpar pelo que fizera, pois aquilo fora num outro momento de sua vida. De qualquer maneira, sonhando em começar um novo relacionamento afetivo com o marido, gostaria de não ter feito isso, pois sempre mantivera uma posição de honestidade para com ele.

E Nestor, sob o carinho dos filhos e da irmã, olha para ela e lhe remete afetuoso sorriso, apesar de demonstrar ainda, principalmente no baixar dos olhos, a timidez de quem se envergonha dos atos passados, enternecendo-a mais ainda e, agora, mais do que nunca, se percebe, verdadeiramente, apaixonada.

– Nestor – interrompe Péricles o silêncio que se fizera a partir daquelas demonstrações de tanto carinho –, ainda não conseguiu se lembrar de nada do que viveu durante o coma? Sei que esse é um assunto por demais solicitado, e peço que me perdoe, mas é que tenho muita curiosidade.

– Ele está muito curioso, Nestor – diz Eneida – Até já procurou ler sobre isso, mas não encontrou nada que lhe trouxesse um esclarecimento.

– Não preciso lhe perdoar nada, Péricles, e compreendo a sua curiosidade.

E Cida, que não se contém em fazer uma boa pilhéria, diz, seriamente, a Péricles:

– Pois eu sei como você pode encontrar a resposta, Péricles.

– Como, Cida?

– Você caminha até lá perto da piscina, vem correndo na maior velocidade que puder e salta de cabeça sobre aquele muro. Se tiver competência, poderá entrar em coma e descobrirá.

Todos riem, inclusive Péricles que lhe diz:

– Não vou tentar, Cida.

– Pois eu creio que isso não trará nenhuma resposta – explica Nestor.

– Por que, Nestor?

– Porque imagino que existam diversos tipos

ou categorias de coma, dependendo da gravidade de cada caso.

— É verdade – afirma o cunhado. – Li sobre isso.

— Ainda não tive tempo de comentar com vocês, nem mesmo com Berenice, mas penso ter tido uma pequena lembrança.

— Uma lembrança? E o que foi?

Na verdade, Nestor deseja começar a revelar alguma coisa a respeito desse assunto porque, talvez tenha, um dia, a necessidade de lhes confessar o que realmente lhe aconteceu, principalmente no que se refere à sua audição. Dessa forma, resolve já dar um início, mesmo que não seja totalmente uma verdade.

— Lembrei-me de que, por poucas vezes, não sei quantas, e nem por quanto tempo, eu tinha a consciência de mim, só que não conseguia me mexer, nem falar, nem ouvir. Apenas a escuridão e o silêncio.

— Meu Deus! – exclamam todos.

— Que situação terrível! – diz Berenice. – E você não se desesperava com isso?

— Não me lembro direito, porque, depois, parecia que sumia, retornando mais tarde. Uma coisa assim.

— E quando abriu os olhos? – pergunta Cida, que estava presente quando isso acontecera.

— Quando abri, a luz era muito forte e eles se fecharam, automaticamente.

— E daí?

E Nestor brinca com ela:

— Ouvi sua linda voz me pedindo que eu emitisse um som.

— Você se lembra?! Reconheceu minha voz?!

— Reconheci e me lembro muito bem.

— Meu Deus! Estou me sentindo tão importante! Quando Nestor voltou à vida, a primeira voz que ele ouviu foi a minha!

— E com que alegria a ouvi! Meu primeiro contato com o mundo foi a sua voz. Você foi o anjo da minha vida– insiste, brincando, dada a alegria da cunhada.

— Eu sou o anjo do Nestor!

E todos se divertem.

— E depois? – pergunta, ainda, Péricles.

— Ouvi Cida pedir à Marlene que apagasse a

luz e deixasse o quarto na penumbra. Depois, uma enfermeira falou comigo, depois, o médico. Marlene me emprestou seus óculos escuros. Lembro-me bem de tudo isso.

— E você nos viu? – pergunta Marlene.

— Uma pena que só as vi depois.

— Por quê?

— Porque o primeiro rosto que pude enxergar foi o do doutor Fonseca, aquele velho, careca e barbudo!

Todos riem, novamente.

Berenice se encontra encantada com toda aquela alegria. Uma alegria que dura pouco, pois o telefone toca e ela vai atendê-lo no escritório.

— Alô.

— *Berenice?*

A mulher leva um choque, ao reconhecer a voz do outro lado da linha.

— Leopoldo?!

— *Eu, mesmo. Não ficou contente em ouvir a minha voz?*

— Eu lhe pedi que não ligasse para minha casa.

— *Sei disso. É que você me pediu um tempo e como seu marido já se encontra bem melhor, pelo que eu vi hoje no* shopping...

— Não posso falar agora, Leopoldo, pois toda a família de Nestor se encontra aqui reunida.

— *Uma festa?*

— Não, não é uma festa. Apenas uma reunião, pois é natural que queiram usufruir da companhia dele, depois de tudo o que aconteceu.

— *Eu o achei muito mudado. Nem parece mais o Nestor de antes do desastre. Será que a proximidade da morte o assustou e resolveu fingir que é bonzinho, agora? Porque só pode ser puro fingimento, Berenice. Ninguém muda assim de um dia para o outro! E percebi que você está se deixando enganar, meu amor.*

Berenice se assusta, estranhando a maneira como Leopoldo acabou de tratá-la. Nunca lhe falou assim e ela nem lhe deu nenhuma esperança de que poderia haver alguma coisa entre os dois. Apenas aceitou almoçar com ele, numa tentativa de que, talvez, encontrasse alguém. Na verdade, agora sabe que apenas se deixou levar por belas palavras, que há muito tempo não ouvia. – Será que ele está pensando que tenho algum compromisso com ele, apenas por termos almoçado juntos?

– Pois não penso assim, Leopoldo. Tenho certeza de que ele não está fingindo.

– *Não disse que você está se deixando enganar? Não caia nessa, Berenice! Por favor! Imagino que estava querendo disfarçar o nosso relacionamento, quando caminhou de mãos dadas com ele, e até posso compreender, mas não posso permitir que ele a engane!*

– Nosso relacionamento? Não estou entendendo, Leopoldo! Não tenho relacionamento nenhum com você. Apenas almoçamos juntos por quatro vezes e, mesmo assim, por que eu me encontrava muito carente e você foi muito atencioso comigo, mas não temos nenhum compromisso.

– *Está vendo como tenho motivos para estar preocupado? Não! Não vou permitir que você volte a sofrer com esse monstro de homem que você tem em casa! Estou apaixonado por você e não permitirei!*

– Você está louco! Eu não tenho nada com você. E, se quer saber, por favor, não me ligue mais e nem me procure mais.

– *Por que isso agora?*

– Simplesmente porque cheguei à conclusão de que amo meu marido.

– *Você não sabe o que está falando, Berenice! Mas que biltre é esse Nestor! Está enganando a todo*

*mundo e a você! Vai voltar a fazê-la infeliz! E eu não
vou permitir!*

– Como não vai permitir?! Eu nunca lhe pedi
para se meter em minha vida pessoal e você não tem
direito nenhum de querer interferir em minhas decisões! Me deixe em paz, Leopoldo!

– *Meu amor por você me permite interferir, sim,
e você me deu essa permissão nos momentos em que de-
sabafou comigo, contando-me todo o seu sofrimento.*

– Adeus, Leopoldo – diz Berenice, desligan-
do o telefone.

– *Berenice! Berenice!*

E ela se deixa cair em uma cadeira, completamente amedrontada e desesperada.

– Meu Deus! Acho que acabei me envolven-
do com um louco. Só pode ser, pois pensa que, por
causa das poucas vezes em que nos encontramos
para, simplesmente, conversarmos, tenho um caso
com ele. Mas é lógico! Um homem que ficava me
esperando sair de casa, apenas para me seguir... Ou
será que ficava, também, me olhando de longe? Só
pode ser um neurótico! Meu Deus! Justo agora
que estou tão feliz com a transformação de Nestor!
Justo agora que me sinto apaixonada novamente!
E Nestor não está fingindo. Não tenho nenhuma
dúvida.

E volta à varanda para ter com os outros.

– Para quem era o telefone, mamãe? – pergunta Marcela.

– Foi alguém que se enganou em ligar.

– Só perguntei, porque estou aguardando um telefonema – explica Marcela, levantando-se e indo se encontrar com o irmão que havia se dirigido para perto da piscina.

– O que está fazendo aqui, sozinho? Algum problema, Eduardo?

– Não, não, Marcela. É que estou tão feliz com tudo o que está acontecendo, que resolvi ficar um momento só, comigo mesmo, para pensar um pouco. Mas fique aqui comigo.

– Também me sinto muito feliz.

– Você reparou como mamãe olha para o papai?

– E já estou vendo reacender um grande amor.

– Você também pensa assim?

– E quem não percebe? E você não sabe da melhor.

– E o que é?

– Tia Marlene me disse que hoje, no *shopping*,

mamãe e papai estavam de mãos dadas e que, depois que papai veio embora, mamãe lhe falou que foi ela quem pegou na mão dele.

– E papai?

– Mamãe disse que ele se encontrava um pouco tímido, parecendo envergonhado e até arrependimento falou ter visto em seus olhos.

– Então não vai haver separação.

– Nem fale mais nisso.

– Vamos voltar, Marcela. Quero ficar prestando atenção nela. Quero ver como olha para papai.

– Você vai ver.

E assim que os irmãos chegam junto a todos, nem precisam mais de qualquer demonstração por parte da mãe, pois o que presenciam lhes enche o coração de alegria.

Tudo porque chegam a tempo de ver Berenice não se conter e, dirigindo-se até Nestor, lhe dizer, indicando o lugar vago de seu lado no sofá, deixado por Marcela:

– Posso me sentar aqui?

– Você quer se sentar aqui? – pergunta o homem, timidamente.

– Sim – responde Berenice, sentando-se ao seu lado e debruçando a cabeça em seu peito, enquanto ele a abraça pelos ombros.

Nesse instante, a vontade de todos os presentes é a de gritar vivas aos dois, mas se calam, respeitando a emoção que, por certo, lhes invade o coração.

Eduardo vira-se e se afasta novamente em direção à piscina, para que ninguém lhe veja as lágrimas de alegria que saltam de seus olhos.

Mas o tão sonhado momento dos dois é interrompido pelo soar do telefone.

Berenice se assusta e já está levantando para atender, quando Marcela sai na frente, dizendo:

– Pode deixar, mãe. Deve ser para mim.

Alguns segundos se passam e Marcela retorna:

– É para a senhora, mamãe.

Berenice se levanta e vai atender.

Desta feita, Nestor chama a filha e lhe pergunta:

– Quem era, filha?

– Não sei, papai.

O recomeço
CAPÍTULO 21

– Alô?

– *Berenice?*

– Outra vez? Já não lhe disse que não quero nada com você?

– *E eu já lhe disse que não vou permitir que seu marido continue enganando você. Preciso lhe falar, agora! Agora!*

– Como, agora? Não posso, simplesmente, sair sem nenhum motivo bastante plausível. Acalme-se. Amanhã dou um jeito de falar com você.

– *Não, Berenice! Tem que ser agora! Ou vou até aí e conto tudo ao seu marido!*

– Contar o quê? Não fizemos nada, além de almoçarmos juntos!

– *Para salvá-la, terei coragem até de mentir!*

– Salvar-me de quê, Leopoldo?

– *Já lhe disse. Estarei esperando por você aqui em frente de sua casa, no meu carro. Se não vier em quinze minutos, irei até aí.*

– Por favor, não faça isso, Leopoldo. Acha que vindo até aqui mentir para Nestor, irá me conquistar?

– *Vou, porque, quando ele souber o que tenho para lhe contar, sua máscara irá cair e você, então, compreenderá que estou com a razão. E eu a estarei esperando de braços abertos.*

– Você está louco!

– *Não estou louco, não, e vou lhe provar. Quinze minutos. Só quinze minutos!*

– Leopoldo! Leopoldo!

Mas o homem já desligara o telefone e Berenice debruça-se sobre a mesa, completamente desesperada.

– O que devo fazer, meu Deus?!

Nisso, uma mão lhe toca o ombro, assustando-a. Berenice volta-se imediatamente e quase desfalece ao ver Nestor, que a ouvira chamar por Leopoldo no momento em que chegara ao escritório.

— O que está acontecendo, Berenice? O que Leopoldo quer com você?

— Você ouviu tudo o que falei ao telefone?

— Não, somente a ouvi chamando por ele. Pareceu-me que ele havia desligado.

— Eu preciso lhe contar uma coisa.

— E eu não preciso ouvir nada.

— Como assim?

— Sabe, Berenice, eu não sei o que está acontecendo entre você e ele, inclusive já havia percebido alguma coisa ontem no *shopping*, mas não quero saber.

— Não quer saber?! – pergunta-lhe, desesperada, sentindo a Terra se abrindo a seus pés, pois imagina que Nestor não quer saber nada porque, talvez, não vá perdoá-la ou mesmo não a ame mais.

— Não quero saber porque não me sinto no direito. Qualquer coisa que tenha feito, a culpa foi toda minha, pois a abandonei por todos estes anos, sem lhe dar nenhuma atenção.

— E...

— Só lhe peço que me diga, com toda a sinceridade, o que deseja daqui para a frente. Porque se preferir viver com outro, eu saberei compreender, pois como já lhe disse, a culpa é toda minha. E, materialmente, também, não perderá nada.

— Só desejo viver com você, Nestor. Viver, eu disse.

— É o que eu mais desejo, também.

— Mas não quer saber...?

— Não.

— E você me perdoa sem que eu nada lhe explique?

— Se você me perdoa...

— E o que eu faço, quanto a Leopoldo? Ele quer que eu vá falar com ele. Está com o carro estacionado na frente de nossa casa.

— Vou até lá conversar com ele.

— Não, Nestor! Não pode fazer isso! Esse homem está louco.

— Ele não é um homem ruim, Berenice. Apenas está apaixonado e, se existe alguém que pode compreendê-lo, em seus sentimentos, esse alguém sou eu.

— Mas... E se ele o ferir? Eu confessei a ele que amo você.

— Não vai fazer isso.

— Como pode ter tanta certeza?

— Se você disse a ele que me ama, não vai fazer isso, pois a perderia, não é?

— Vai sozinho?

— Tem de ser.

— E o que vai dizer aos seus irmãos?

— Não se preocupe.

— E se você demorar?

— Você liga para mim no telefone celular.

— Está bem, mas, cuidado.

E os dois retornam para a varanda.

— Pessoal, fiquem à vontade. Eu já volto.

— Onde vai, Nestor?

— Vou conversar com Leopoldo. Ele está aí em frente no carro.

— Mas por que ele não entra?

— Está com um pouco de pressa.

— Esperamos você.

Marlene e Cida ficam apreensivas, principalmente por notarem que Berenice se encontra nervosa e agitada. Acercam-se dela e Marlene lhe pergunta:

— O que aconteceu, Berenice? Foi Leopoldo quem telefonou?

– Sim, e Nestor foi falar com ele.

– Mas, por quê?

– Depois eu lhes conto.

– Vamos fazer de conta que não está acontecendo nada – pede Cida.

* * *

Leopoldo se encontra dentro do automóvel e, distraído, não percebe que Nestor se aproxima pelo lado do passageiro e, sem esperar, vê quando a porta se abre e ele entra no veículo.

– Boa noite, Leopoldo.

– O que você quer?

– Minha esposa me disse que você tem algo a me contar.

– Ela disse isso? – pergunta Leopoldo, lívido e assustado.

– Disse, mas você não precisa me contar nada.

– E por quê? Pensa que sabe de tudo?

– Somente sei o que sei e não me interessa saber de mais nada. Apenas vim para lhe pedir que deixe minha esposa em paz, porque queremos, eu e ela, reatar o nosso relacionamento. Nós nos amamos, sabe? E até compreendo os seus sentimentos por ela porque, realmente, ela é uma pessoa especial, só que ela disse que me quer e isso é o bastante para mim.

— E como pode ter tanta certeza?

— Porque eu lhe disse que, se ela quiser viver com outro, eu saberei compreender, pois sei que a culpa é toda minha. E que, materialmente, também, não perderia nada.

— E ela?

— Quer viver comigo.

— Mas você só a fez sofrer, Nestor.

— Sou outro, Leopoldo.

— Como, outro?

— Não sei, mas sou outra pessoa. E se, porventura, eu vier a ser o que era, ela saberá o que fazer. Mas somente ela poderá decidir e não você. Eu não permitirei que a incomode mais.

— E não quer saber mesmo sobre tudo o que aconteceu? Ou vai, simplesmente perdoá-la?

Nestor tem vontade de agredir o homem, mas lembra-se do que lera, à tarde, quando abriu o "Evangelho" numa página ao "acaso", em que Jesus dizia que eram bem-aventurados aqueles que são brandos e pacíficos, condenando a violência, em todos os sentidos. E, dessa forma, lhe responde:

— Eu nem teria como perdoá-la, porque tenho muito mais débitos para com ela. E se ela me perdoa...

Leopoldo fica sem ação diante das palavras de Nestor e somente lhe resta dizer:

— Por favor, saia do meu carro.

E Nestor, ao sair, lhe diz:

— Que Deus nos abençoe, Leopoldo.

***

Quando Berenice ouve o marido entrando, vai em sua direção, encontrando-o, ainda, no jardim, pois ele caminha muito devagar, apoiando-se numa bengala.

— E, então, Nestor?

— Tudo resolvido.

— Resolvido? Como assim? Ele me ameaçou em dizer-lhe um monte de mentiras a nosso respeito.

— Não o deixei falar sobre isso.

— Não?!

— Não, Berenice. Já disse a você que não quero saber de nada.

– E como ele reagiu?

– Perguntou-me se eu a perdoava sem saber sobre tudo o que aconteceu.

– E...

– E eu lhe disse que nem teria como perdoá-la, porque tenho muito mais débitos para com você. E se você me perdoa...

– Que mais?

– Disse a ele que até compreendia o amor que ele sentia por você, porque você era uma pessoa muito especial, que eu a amava e que você tinha preferido a mim.

– Você disse isso a ele?

– E você, realmente, me prefere?

– Amo você, Nestor. Somente você.

– Então não falamos mais nesse assunto, está bem?

– Mas não gostaria de ter um segredo que você não soubesse.

– Talvez eu os tenha em maior quantidade, não?

– Recomecemos nossa vida a partir de hoje, então.

Final

CAPÍTULO 22

NAQUELA MESMA NOITE, NESTOR SE DES-
prende do corpo, durante a emancipação da alma e
encontra-se com sua mãe.

– *Mãe! Que alegria!*

– *Nestor, meu filho do coração!*

– *Mãe, a senhora já sabe das novidades?*

– *Me informaram, filho. Estou sabendo que você
e Berenice estão se dando muito bem.*

– *Estamos vivendo um grande amor, mamãe.*

– *E sabe por quê?*

– *Porque a senhora me ajudou. A senhora, o*

doutor Alexandre, e tantos outros irmãos deste verdadeiro plano da vida.

— Nós somente o encaminhamos, filho. Você teve um grande mérito, pois soube compreender muito bem as verdades e adotou-as no seu coração.

— E sou muito mais feliz por isso. Antes, era apenas um escravo da matéria.

— E hoje?

— Hoje penso em utilizar essa matéria e fazer o bem ao próximo.

— Estaremos todos prontos a auxiliá-lo, Nestor.

— E papai e Miguel?

— Estão passando por um tratamento, que será longo, pois a vida não dá saltos, mas estão bem.

— Sabe, mãe, gostaria muito de encontrar o neto de Miguel e, de alguma forma, ajudá-lo.

— Quem sabe, filho?

— Gostaria, realmente, de fazer algo por ele, em nome de meu pai.

— Um dia, talvez.

— A senhora não pode me ajudar?

— Quem sabe?

— A senhora só me responde com evasivas, mãe.

— Tenho que responder assim, porque tudo vai depender do seu empenho e da sua real vontade.

— Se é isso, vou me empenhar. Apesar de que, será como procurar uma agulha num palheiro.

— Gostei muito da conversa que teve com Leopoldo.

— A senhora soube?

— De certa forma, filho. E gostei, mais ainda, de tudo o que aconteceu, e da conversa que teve com Berenice.

— Do que mais gostou, mãe?

— De Leopoldo, porque conteve sua violência, e de Berenice, porque soube o que é, de verdade, o perdão.

— Eu tinha que perdoá-la, porque qualquer pessoa era melhor do que eu, não é? E ela me suportou por muito tempo...

— Você ainda vai ser muito mais feliz do que já é, filho.

— A senhora não se encontra com Jaime, Luiz Henrique e Eneida?

— Lógico, que nos encontramos. Por que não

haveria? E com Péricles, com Cida, Marlene, Marcela, Eduardo e Berenice.

– A senhora é um anjo, mãe.

– Seu cordão está diminuindo de tamanho. Até outro dia, filho.

– A sua bênção.

– Que Deus o abençoe.

***

Alguns dias depois, Nestor e Berenice resolvem dar um passeio pelo centro da cidade, coisa que há muito tempo não o fazem. Como Nestor ainda não está dirigindo, apanham um táxi.

– Faz muito tempo que não passo por estas avenidas – diz Nestor à esposa.

– Você só fazia, praticamente, o caminho de casa até o escritório, não?

– Só, e quando desejava alguma coisa, bastava apanhar o interfone e dar algumas ordens.

– Eu também, há um bom tempo, não venho para estes lados. Somente ia à academia e ao *shopping*, lá perto de casa.

– Quase nem reconheço mais as construções. Está tudo muito mudado.

– É o progresso. Mas aonde pretende ir primeiro?

– Pretendo lhe fazer uma surpresa.

– Uma surpresa?

– Isso mesmo. Senhor, por favor, vire na próxima, à esquerda – pede ao taxista.

E o táxi faz uma conversão, passando ao lado de um viaduto, sob o qual existem muitos barracos feitos de restos de madeira e latas, onde, miseravelmente, habitam alguns moradores de rua. É caminho obrigatório em direção a uma praça onde Nestor e Berenice passeavam quando ainda eram namorados. Mas, de repente, Nestor vê alguém que lhe chama a atenção e...

– Pare ali à frente, por favor! Pare ali... Isso... Aí.

– O que aconteceu, Nestor?! – Berenice lhe pergunta.

– O senhor nos espere aqui.

– Esperar aqui? – pergunta o homem, desconfiado, o que não passa despercebido de Nestor.

– Quanto é a corrida até aqui?

O taxista lhe informa e, rapidamente, Nestor lhe dá um dinheiro que retira do bolso.

– Pode ficar com o troco. E se quiser nos esperar...

– Eu espero, sim.

– Por favor, Berenice, desça.

– Não estou entendendo.

– Já lhe explico.

Berenice desce e percebe que Nestor tem o olhar fixo num ponto mais à frente.

– Venha.

– Aonde vamos?!

– Confie em mim. Ei, você! – grita para um rapaz que se encontra encostado num dos pilares do viaduto.

O moço olha assustado e ameaça fugir.

– Não! Não fuja! Quero falar com você!

– Pare aí! – grita o moço, como uma ordem.

– Pronto. Estou parado.

– O que quer?!

– Quero saber seu nome.

– Mas o que está acontecendo, Nestor?!

– Por favor, o seu nome.

– Por que quer saber o meu nome?

– Penso que o conheço.

– Não me lembro de ter roubado o senhor, mas se continuar aqui...

– Se você for quem eu penso, posso ajudá-lo. Se não for, lhe dou um dinheiro por ter perdido seu tempo comigo.

O rapaz pensa um pouco e começa a caminhar lentamente em direção a Nestor e Berenice, até chegar a cerca de uns três metros de distância.

– Então, como se chama?

– Meu nome é Miguel.

– Sobrenome?

– Para que quer saber?

– Fale, por favor.

O rapaz olha para os lados e diz:

– Cratos... Miguel Cratos Neto.

– Meus Deus! – exclama Nestor. – Encontrei o neto de Miguel, que meu pai enganou e roubou! Em nome dos dois, vou ajudar esse rapaz.

E tomando essa decisão, Nestor olha para longe e ainda vê a mulher, vestida como uma mendiga, com um lenço amarrado ao redor da cabeça, que lhe deu um sinal quando estava no táxi e que o fez parar, apontando, logo a seguir, para o rapaz. À distância, parece sua mãe, mas não tem certeza, apesar que ela lhe acena, lhe manda um beijo e desaparece sob a sua vista.

Nem sabe por que agiu naturalmente dessa maneira, mas pareceu se lembrar em fração de segundo alguma conversa tida com sua mãe, e uma enorme vontade de fazer o que fez. E diz para consigo mesmo:

— Ainda vou me lembrar.

— O que quer comigo, senhor? Vai me dar o dinheiro?

— Vou lhe dar muito mais. Tem vontade de trabalhar? Ganhar dinheiro? Ser alguém na vida?

— Por que me pergunta isso? É o que sempre mais desejei: ser honesto, trabalhar e ser alguém na vida.

— Então, venha comigo.

— Ir com o senhor? Por acaso me conhece?

— Sei quem você é e tenho que ajudá-lo. E se chegar a ser um homem de bem, será recompensado. Se chegar a ser um homem de bem...

– Farei o que me mandar, senhor.

– Então, vamos. Por favor, taxista, leve-nos de volta até minha casa.

– O senhor manda.

– O que está acontecendo, Nestor? – pergunta Berenice, sem nada entender.

– Um milagre, Berê! Tão grande quanto o coma!

Fim

Reflexão

Seria de bom proveito, vez ou outra, provocarmos um "coma" em nós mesmos, sem a necessidade de acidentes ou hospitais, mas um "coma" imaginário, onde pudéssemos realizar, nesse exercício mental, uma análise do que nossos familiares, nossos amigos, nossos conhecidos, poderiam dizer a nosso respeito, se oportunidade tivessem, e nós, a de ouvi-los, sem que soubessem.

Dessa forma, poderíamos analisar a nossa vida, os nossos atos, os nossos impulsos e as nossas reações, no intuito de exercitarmos melhor os ensinamentos do mestre Jesus que, inevitavelmente, nos proporcionaria a tão desejada felicidade e uma consciência mais tranquila, com a qual, e com o nosso amor, faríamos o nosso próximo mais feliz e seríamos muito mais amados por todos os que nos cercam.

IDE | Conhecimento e educação espírita

No ano de 1963, Francisco Cândido Xavier ofereceu a um grupo de voluntários o entusiasmo e a tarefa de fundarem um periódico para divulgação do Espiritismo. Nascia, então, o Instituto de Difusão Espírita - IDE, cujos nome e sigla foram também sugeridos por ele.

Assim, com a ajuda de muitas pessoas e da espiritualidade, o Instituto de Difusão Espírita se tornou uma entidade de utilidade pública, assistencial e sem fins lucrativos, fiel à sua finalidade de divulgar a Doutrina Espírita, por meio de livros, estudos e auxílio (material e espiritual).

Tendo como foco principal as obras básicas de Allan Kardec, a preços populares, a IDE Editora possui cerca de 300 títulos, muitos psicografados por Chico Xavier, divulgando-os em todo o Brasil e em várias partes do mundo.

Além da editora, o Instituto de Difusão Espírita também se desenvolveu em outras frentes de trabalho, tanto voltadas à assistência e promoção social, como o acolhimento de pessoas em situação de rua (albergue), alimentação às famílias em momento de vulnerabilidade social, quanto aos trabalhos de evangelização infantil, mocidade espírita, artes, cursos doutrinários e assistência espiritual.

Ao adquirir um livro da IDE Editora, além de conhecer a Doutrina Espírita e aplicá-la em seu desenvolvimento espiritual, o leitor também estará colaborando com a divulgação do Evangelho do Cristo e com os trabalhos assistenciais do Instituto de Difusão Espírita.

www.idelivraria.com.br

Conversando sobre o
ESPIRITISMO

Quais as bases do Espiritismo?

A Doutrina Espírita estrutura-se na fé raciocinada e no Evangelho de Jesus, com sólidos fundamentos nos seguintes princípios: a) Existência de Deus; b) Imortalidade da alma; c) Pluralidade das existências ou reencarnação, impulsionadora da evolução; d) Comunicabilidade dos Espíritos através da mediunidade, capacidade humana de intercâmbio entre os dois planos da vida; e) Pluralidade de mundos habitados.

Espiritismo é uma ciência, filosofia ou religião?

Ele engloba os três aspectos. É ciência que investiga e pesquisa; é filosofia que questiona e apresenta diretrizes para reflexão e é uma religião na prática da fraternidade, do real sentimento de amor ao próximo, tendo, como regra de vida, a caridade em toda a sua extensão, enfim, uma religião Cristã.

O Espiritismo proclama a crença em Deus, ou nos Espíritos?

O Espiritismo prega, através de uma convicção firmada na fé raciocinada, na lógica e no bom senso, a existência de Deus como inteligência suprema, causa primeira de todas as coisas, sendo Ele misericordioso, justo e bom, e vem confirmar a imortalidade da alma. Segue os ensinamentos racionais e coerentes dos Espíritos de ordem superior e, principalmente, os de Jesus como único caminho para a evolução espiritual, baseados na caridade, em todas as suas formas, através do amor ao próximo.

Para onde vamos quando morremos?

Retornamos ao mundo espiritual, nossa morada original, exatamente de onde viemos. Somos Espíritos e apenas estamos no corpo físico em estágio temporário de aprendizado. No mundo espiritual, reencontraremos os Espíritos com quem nos sintonizamos, daí a importância da vida reta e moralmente digna, desapegada das questões materiais, de coração sem mágoa, vinculada ao bem e ao amor desprendido.

Se quiser saber mais sobre o Espiritismo, o que devo ler?

As obras de Allan Kardec, a saber: *O Evangelho Segundo o Espiritismo, O Livro dos Espíritos, O Livro dos Médiuns, O Céu e o Inferno* e *A Gênese*.

www.idelivraria.com.br

Fundamentos do
Espiritismo

Crê na existência de um único Deus, ça criadora de todo o Universo, perta, justa, bondosa e misericordiosa, e deseja a felicidade a todas as Suas iaturas.

Crê na imortalidade do Espírito.

Crê na reencarnação como forma o Espírito se aperfeiçoar, numa demonstração da justiça e da misericórda de Deus, sempre oferecendo novas ances de Seus filhos evoluírem.

Crê que cada um de nós possui o re-arbítrio de seus atos, sujeitan-se às leis de causa e efeito.

Crê que cada criatura possui o seu au de evolução de acordo com o seu prendizado moral diante das diversas oportunidades. E que ninguém ixará de evoluir em direção à felidade, num tempo proporcional ao u esforço e à sua vontade.

Crê na existência de infinitos munos habitados, cada um em sintonia m os diversos graus de progresso oral do Espírito, condição essenal para que neles vivam, sempre em nstante evolução.

7º Crê que a vida espiritual é a vida plena do Espírito: ela é eterna, sendo a vida corpórea transitória e passageira, para nosso aperfeiçoamento e aprendizagem. Acredita no relacionamento destes dois planos, material e espiritual, e, dessa forma, aprofunda-se na comunicação entre eles, através da mediunidade.

8º Crê na caridade como única forma de evoluir e de ser feliz, de acordo com um dos mais profundos ensinamentos de Jesus: "Amar o próximo como a si mesmo".

9º Crê que o espírita tenha de ser, acima de tudo, Cristão, divulgando o Evangelho de Jesus por meio do silencioso exemplo pessoal.

10º O Espiritismo é uma Ciência, posto que a utiliza para comprovar o que ensina; é uma Filosofia porque nada impõe, permitindo que os homens analisem e raciocinem, e, principalmente, é uma Religião porque crê em Deus, e em Jesus como caminho seguro para a evolução e transformação moral.

Para conhecer mais sobre a Doutrina Espírita, leia as Obras Básicas, de Allan Kardec.

www.idelivraria.com.br

Outras Obras
do Autor

Wilson Frungilo Jr.

O Senhor das Terras
Wilson Frungilo Jr.

ISBN: 978-85-7341-413-4 | **Romance**
Páginas: 272 | **Formato:** 14 x 21 cm

Bairro dos Estranhos
Wilson Frungilo Jr.

ISBN: 978-85-7341-415-8 | **Romance**
Páginas: 192 | **Formato:** 14 x 21 cm

Do Outro Lado
Wilson Frungilo Jr.

ISBN: 85-7341-347-6 | **Romance**
Páginas: 160 | **Formato:** 14 x 21 cm

Ala Dezoito
Wilson Frungilo Jr.

ISBN: 978-85-7341-438-7 | **Romance**
Páginas: 224 | **Formato:** 14 x 21 cm

TAMBÉM EM MP3

Este romance revela o drama do advogado Roberto que se inicia com suas visões reais e terríveis.
São as primeiras manifestações de uma mediunidade incompreendida... Presencia um ato suicida e sua vivência leva-o a se envolver com um caso policial de graves consequências futuras...
Essas visões, caracterizando uma aguda e atroz perseguição de entidades maléficas, são interpretadas como alucinações e o levam a uma internação num hospital psiquiátrico. Na ala dezoito desse sanatório, Roberto é considerado esquizofrênico e recebe tratamento intensivo.
Mas a chave de seu problema mental só foi encontrada na Doutrina Espírita.

Outras Obras
do Autor

Wilson Frungilo Jr.

O Abridor de Latas
Wilson Frungilo Jr.
ISBN: 978-85-7341-429-5 | **Romance**
Páginas: 256 | **Formato:** 14 x 21 cm

O Homem do Caderno
Wilson Frungilo Jr.
ISBN: 978-85-7341-468-4 | **Romance**
Páginas: 256 | **Formato:** 14 x 21 cm

O Camafeu
Wilson Frungilo Jr.
ISBN: 85-7341-310-7 | **Romance**
Páginas: 224 | **Formato:** 14 x 21 cm

Luar Peregrino
Wilson Frungilo Jr.
ISBN: 978-85-7341-469-1 | **Romance**
Páginas: 575 | **Formato:** 16 x 23 cm

Depois de ter sobrevivido a um acidente, Lélis, um homem bem-sucedido, que tem por hobby percorrer trilhas, vê-se, de repente, perdido em um leito hospitalar, sofrendo perda parcial da memória e sem nenhum documento que o identifique.
É quando uma sucessão de acontecimentos faz com que desconfie que seu acidente fora, na verdade, um atentado e que desejam matá-lo. Mas... quem?
Lélis não se recorda de ninguém, nem mesmo quem é, continuando apenas senhor dos seus conhecimentos, principalmente os da Doutrina dos Espíritos.
Sem saber para onde ir e em quem confiar, inicia uma alucinante fuga, em busca de respostas.
Um homem procurando sua identidade.

idelivraria.com.br

Pratique o "Evangelho no Lar

Aponte a câmera do celular e
faça download do roteiro do
Evangelho no lar

Ide editora é nome fantasia do Instituto de Difusão Espírita, entidade sem fins lucrativos.

ideeditora   ide.editora   ideeditora

◄◄ DISTRIBUIÇÃO EXCLUSIVA ►►

Av. Porto Ferreira, 1031 | Parque Iracema
CEP 15809-020 | Catanduva-SP
17 3531.4444   17 99777.7413

boanovaed
boanovaeditora
boanovaed
www.boanova.net
boanova@boanova.net

Fale pelo whatsapp

Acesse nossa loja